© 2024 Nathael Jambon
Édition : BoD · Books on Demand GmbH, In de Tarpen 42, 22848 Norderstedt (Allemagne)
Impression : Libri Plureos GmbH, Friedensallee 273, 22763 Hamburg (Allemagne)
Illustration : Leelou Simon
ISBN : 978-2-3225-5898-8
Dépôt légal : décembre 2024
Edition°1

En application de l'art. L.137-2.-I. du code de la propriété intellectuelle, toute reproduction et/ou divulgation de parties de l'œuvre dépassant le volume prévu par la loi est expressément interdite ».

© 2024, Nathaël Jambon

CHAPITRE

I

Elle s'était réveillée, couchée. Couchée sur un coton délicat à son effigie, doux, moelleux, dont elle n'avait envie de sortir, sa coquille. Son cœur battait au rythme des étoiles qu'elle observait filer. Elle était transportée au gré du vent sur son lit blanc. Parfois, les oiseaux lui rendaient visite alors elle relevait simplement les yeux et, du bout des lèvres, leur chantait une berceuse inconnue. Aussi, la plupart du temps elle dévisageait sa main et le bout de ses doigts, toujours allongée. Elle comparait ce petit morceau de chair à l'immensité bleue qui s'ouvrait au-dessus de sa tête. Elle préférait dormir le jour pour alors regarder le soleil décliner ou se lever dans un silence solennel. Sans bruit elle pouvait se permettre de rêver, ça lui plaisait tant. Avait-elle besoin de réellement plus ? Elle pensait que non, voulait se contenter de cette plénitude de n'être rien, d'être nul part.

Depuis son nuage, elle n'avait jamais osé se pencher pour découvrir le monde du bas. Une fois un cri se fit entendre, elle sursauta et son réflexe la fit se mettre assise. Dos au vide, elle se força à se retourner. Au bord du précipice, les pieds se balançant, elle vit pour la première fois les habitants du dessous. Elle était

émue, contemplative de ce beau monde qui marchait. Mais, d'un autre côté, elle était effrayée, tous se précipitaient, d'un pas fou, vers elle ne savait-où sans prêter attention, elle, elle trônait sur ce paysage rythmé. Finalement, de sa hauteur elle était rassurée d'être éloignée de cette cadence inutile, vaine et inexplicable. Elle ne comprenait pas pourquoi ils marchaient à une allure qui les faisait souffrir, les contraignait. Au contraire elle, elle se sentait libre, planante.

Un jeune garçon criait, ce même hurlement qu'elle avait perçu auparavant. Elle voulut le trouver, lui tendre la main pourtant elle ne pouvait descendre sans se blesser, et, par égoïsme peut-être ou par lâcheté, elle ne voulait s'y risquer à tomber dans ce bain de foule.

Néanmoins, un pleure la fit vaciller. Son corps sentit ses cheveux courir dans les airs, elle plongeait enfin sur cette Terre qu'elle refusait d'affronter. Ne voulant briser son bonheur, elle s'était enfermée dans ses pensées, elle avait obstrué tout ce qui pouvait la toucher.

Sans savoir qu'elle s'était précipitée vers les couleurs

humaines et leurs sentiments. Ce qu'elle ne connaissait pas.

Sonnée de sa chute, ses appuis la relevèrent. Un garçon timide leva les yeux vers elle alors qu'elle se dépoussiérait. Juste à travers un regard ils se reconnurent ; lui qui souffrait et, elle comme un ange qui n'avait jamais su ce qu'était cette douleur. Doucement elle s'avança, s'accroupit près du chêne où se trouvait adossé le garçon blessé, tendit une main, gardant l'autre sur son genou afin de tenir son équilibre. Au lieu de se mettre debout il prit cette main tendue et la força à s'asseoir à ses côtés, dos contre l'arbre.

— Pourquoi ? s'adressa-t-elle enfin à lui dans un soupir.

Le garçon ne comprit pas cette question à multiples réponses, il sécha simplement ses larmes intrigué.

— J'ai peur à présent, ajouta-t-elle finalement.

— J'ai toujours eu peur, lui répondit-il.

Elle attendit qu'il complète son propos mais il n'expliqua rien de plus, cela lui paraissait évident.

Ce monde est habitué à la peur, c'est pour cela.

— Pourquoi es-tu là ? Interrogea-t-elle.

— Car je me dois de vivre, du moins je crois, en tant que Lan. Aussi je me dois d'aimer, comment je ne sais pas.

Elle se tut, réfléchit un temps avant de redemander.

— De quoi as-tu peur ? De vivre ? d'aimer ? Je ne connais pas ces émotions, j'ai besoin que tu me les définisses, s'il te plaît.

— Je crains de ne pas vivre au maximum, comme il le faudrait. Mais la peur naît de l'idée qu'on se fait si nous devions manquer ou perdre quelque chose qui existait à nos yeux.

— Alors tu aurais peur de manquer de vie ? De joie, de rencontres, de possibilités ?

— Oui.

— Continue, décris-moi autre chose, ce dont tu m'as déjà parlé, aimer.

— Je ne saurais le définir... Je vais essayer de le faire au mieux. Ce serait l'attachement à quelque chose quoique ce soit, comme des fils aux couleurs, à l'épaisseur, au motif, à la longueur, aux formes diverses.

— L'amour du vide, est-ce possible ?

— Cite moi un exemple, je ne comprends pas bien ce

que cela représente pour toi.

— Vouloir flotter dans un néant clair, et simplement se retrouver avec soi et de belles histoires imaginées, cela est-il possible ?

— Tu as l'air d'apprécier cette idée, si à tes yeux cela compte et que cela est un désir, pourquoi ne pas considérer cela comme de l'amour ? Je pense que tu peux aimer ce calme.

Les yeux marron vif de la fille brillèrent, elle aimait donc quelque chose.

— Et toi qu'aimes-tu ?

— Ne pas être seul.

Leurs pupilles se croisèrent, elle comprit qu'elle était tombée au bon moment, au bon endroit sur la bonne personne.

— Pourrais-tu me faire visiter cet espace ?

Lan acquiesça.

— Ici, nous sommes dans un champ, mais si nous avançons longtemps il y a la ville.

— Montre-moi.

— Alors donne-moi ta main.

Tous deux s'agrippèrent, puis se mirent à marcher dans un champ d'un jaune pâle pourtant magnifique. De sa main libre la fille effleurait ces plantes couleur miel.

— La route semble être longue, pendant ce temps apprends-moi encore les sentiments.

— D'abord, quel est ton nom ? Tu ne me l'as pas dit.

— C'est ce qui me définit d'une part, c'est ce avec quoi tu t'es présenté ?

— Oui le mien est Lan.

— Je crois que je m'appelle Nour puisque je viens de là où la lumière est toujours présente.

— Cela paraît logique.

— Donc, raconte-moi ce qu'est la tristesse.

— Avant que tu n'arrives je pleurais, cela était dû d'une part à de la tristesse.

— De quoi est-on triste au juste ?

— On est triste lorsque l'amour est lui-même blessé.

— Et, comment savoir lorsque celui-ci est touché ?

— Tout dépend de ta perception du monde, du souvenir que tu t'en fais, s'il se matérialise en une boule bleue car pour toi ce n'était pas assez, ou bien que trouver ce monde fût une brûlure plus qu'une délivrance, c'est de la tristesse, de la nostalgie. A l'inverse si tu t'obliges à regarder ce que cela t'a apporté, si pour toi tu as grandi qu'importe si l'expérience était bonne ou mauvaise, cela c'est être optimiste, et, peut-être plus facilement joyeux.

Ils foulèrent enfin la chaleur des grands bâtiments. Tout était si grand, démesuré presque.

Elle, elle était étonnée, d'abord admirative puis nauséeuse.

— Tu ressens toi aussi la tension qui se dégage de cette place ? demanda-t-elle.

— Oui, tout le monde, mais chacun à son échelle fait semblant de ne pas la voir et se presse. Mais, viens, nous allons nous éloigner et je vais te faire goûter un plaisir qu'offre la vie.

— Qu'est-ce donc ?

Lan ne répondit pas et poussa la porte d'un restaurant.

— Aie confiance et suis-moi, dû-t-il dire pour que Nour continue de lui tenir la main et d'avancer.

Attablés, Lan expliqua le fonctionnement de ce lieu.

— Des règles ? Est-ce partout conventionné de telle sorte ?

— Cela s'appelle plutôt de la politesse, c'est quelque chose de bien qui permet d'être sur la même longueur d'ondes.

— Cela ne peut pas empêcher de réagir et agir des fois ?

— Certainement... La plupart du temps, cela aide plutôt à vivre en société.

— Qu'est-ce donc une société ?

— Un ensemble de gens qui cohabitent grâce à des limites plus ou moins flexibles, ils partagent aussi des souvenirs ou des valeurs, des centres d'intérêts en commun.

— Cela ne se nomme-t-il pas amitié ?

— Pas vraiment, l'amitié est bien plus forte. Tu te souviens des fils de l'amour dont je t'ai parlé tout à l'heure ?

— Oui.

— Et bien ces deux relations sont des fils différents, leur degré d'amour est bien différent.

— Hum, d'accord.

Un serveur les interrompit, comme Nour ne savait quoi commander puisqu'elle ne savait ce qu'était une salade, ou une quiche ou encore du café, Lan prit diverses choses. Elle n'avait avalé que de l'eau jusqu'ici, s'était nourrie uniquement de cette source de fraîcheur. Quant à Lan, à sa question qu'aimait-il, il aurait plutôt dû répondre manger avec quelqu'un. Il souhaitait lui faire découvrir toutes les possibilités de goût, ou d'odeurs, toutes les variétés de sensations et leurs déclinaisons.

Le serveur revint chargé. Devant eux, devant les yeux ronds de Nour se détachait du pain, des pâtes bolognaises, du sauté de veau, des frites, des légumes grillés, de la salade verte, du fromage à la coupe, un panier de fruits.

— En bouche il y a deux goûts distincts : le salé, Lan pointa du doigt les aliments concernés, et, le sucré, il réitéra son geste. Habituellement, les gens commencent par le salé, mais les habitudes ne sont que lassitudes à force, donc, commence par ce qui t'attire le plus.

La fille, de ses doigts fins, attrapa une grappe de raisin, en mit un dans sa bouche, fit une tête surprise, et finit la grappe entière en une fraction de secondes. Lui, il rit en voyant ce spectacle.

— Pourquoi fais-tu ce bruit ? Comment le fais-tu ? l'interrogea-t-elle.

— Tu n'as jamais ris ? Ce rictus..., il s'arrêta souriant, réfléchissant au meilleur moyen de définir ce terme. Ce rictus, en temps normal, c'est une joie immense procurée par les autres ou par son propre esprit, c'est quelque chose que l'on aime à voir souvent, c'est un plaisir, et une des meilleures sensations qui soit.

— Penses-tu que je pourrais avoir de l'émotion comme celle-ci un jour ?

— Tu apprendras.

Les yeux de Nour retournèrent contempler l'abondance de nourriture. Elle s'empara ensuite d'une frite, de légumes, puis d'un épi de maïs grillé, elle en avala même deux tant elle aimait le goût. Son palais goûta également une feuille de salade crue. Lorsqu'elle voulut prendre avec sa main le veau Lan l'arrêta.

— Les plats se mangent ici à la fourchette, c'est un code

imprégné...

— De politesse ?

— Oui c'est cela.

Alors elle prit maladroitement le couvert, du bon sens, elle piocha un morceau de la viande filante, et le dégusta. Par la suite, elle se mit à sourire à Lan.

— C'est bon.

— Je sais.

Elle replongea sa fourchette cette fois dans le plat de bolognaise et redit cette même pensée.

— C'est bon.

Elle finit par expérimenter le pain sur lequel Lan plaça une tranche de fromage. Son visage s'illumina, c'était meilleur que tout ce qu'elle avait goûté jusqu'ici, entre autres tout ce qui se trouvait sur cette table.

Une fois la nourriture disparue, Lan devait payer. Nour ne comprit pas ce qu'étaient ces petits bouts de papier qu'il donnait et pourquoi le faisait-il malgré qu'il lui eût expliqué.

— Ce ne sont qu'un élément qui formate une fois de plus car sans ça vous n'échangeriez rien, déclara-t-elle déçue.

— En quoi cela te repousses-t-il ? Te dégoûtes-t-il ?

— C'est...bizarre. Je crois que je ressens de la tristesse à voir que vous n'êtes pas aussi libres que lorsque moi j'étais là-haut.

— Tu sais, ici nous sommes déjà bien heureux d'avoir cette liberté, elle crée du lien.

— Enfin, vous ne pouvez pas être amis sans cela ?

— Si, tu as raison.

Le vent frais faisait se plaquer la longue robe blanche et confortable que Nour portait depuis le début, de manière saillante contre son torse. Lan lui demanda si elle avait froid, elle avait l'impression qu'un filet de vie traversait le tissu et venait rejoindre son échine. Lan lui dit qu'elle avait donc froid, elle s'étonna une fois de plus de cette sensation nouvelle. Il l'emmena vers un magasin à la décoration exotique. Des vêtements s'étalaient sur les tringles de la charmante boutique.

— Ici, tu peux trouver de quoi te couvrir si tu as froid, de nouveaux vêtements si tu as envie de te voir différemment.

— En fait, je ne me suis jamais regardé.

— Dans un miroir ?

— C'est un objet pour se voir ?

— Choisi des habits que tu voudrais enfiler puis tu pourras voir un nouveau reflet dans le miroir.

— Je vais d'abord me voir telle que je suis, depuis tout ce temps à quoi ressemble cette robe sur moi.

Elle se dirigea précipitamment dans la cabine d'essayage et se découvrit. Un choc se fit entendre depuis là où elle se trouvait. Lan accouru et tomba sur Nour émue, les fesses à terre, une main sur le miroir. Il s'avança, la prit dans ses bras, une main posée sur sa tête qui caressait ses cheveux pour la rassurer. Elle se releva, fit un signe de tête pour remercier Lan et s'en alla chercher de quoi s'admirer encore mais vêtue différemment. Dans la glace apparaissait une jeune fille aux cheveux bruns mais dont certaines mèches brûlées par le soleil étaient devenues blondes, voire pâles. Elle était grande. Elle portait à présent un simple t-shirt blanc, qu'elle avait complétée d'une chemise courte, verte aux motifs de feuilles de palmier déboutonnée. En bas elle avait revêtu un pantalon blanc moulant et des bottes blanches elles-aussi.

— Je crois que j'aime le blanc.

— Il est couleur lumière comme toi.

— La lumière est belle alors.

Lan sourit à sa remarque, ne sachant si elle se complimentait dans le même temps ou si c'était des paroles frivoles. En tout cas, il l'admirait.

— Vas-tu devoir sortir encore tes billets verts ?

— Oui mais ne t'inquiète pas c'est normal.

— C'est bizarre mais je te fais confiance.

Le soir tombait, Nour s'en étonna.

— Pourquoi il fait sombre d'un coup ?

— Tu n'admires jamais la nuit ?

— Si, je la connais, je trouve cela beau mais là on dirait plutôt que le jour est caché alors qu'il devrait s'éteindre.

— Tu as raison. Un nuage cache les derniers rayons du soleil.

— Un nuage ? Cette chose blanche et détachée ?

— Oui.

— Je suis tombée de cette chose je crois.

— Tu étais sur un nuage ? Comment est-ce possible ? Est-ce confortable ?

— Oui.

Tous deux arrêtèrent leur marche pour observer le coucher du soleil.

— Où vas-tu m'emmener à présent ?

— Chez moi. Nous allons devoir prendre le bus.

Elle le suivait paisiblement, toujours en fixant le ciel qui ne paraissait pas lui faire mal aux yeux. A deux reprises elle faillit rentrer dans des gens mais Lan la tira à lui. Enfin, ils montèrent dans le bus du retour.

— Dans quoi sommes-nous ?

Lan se mit à lui expliquer le fonctionnement des différents véhicules, voitures, avions, bateaux, vélos...

— Oh ! C'est cela un vélo ? dit-elle tout en pointant l'un d'eux du doigt.

— Oui c'est cela

— J'aimerais essayer le vélo, ça a l'air amusant.

— Demain.

Arrivés à l'arrêt de Lan, celui-ci lui fit signe de descendre derrière lui. Leurs pieds gravirent les quelques marches d'un bas d'immeuble charmant. Lan déverrouilla la porte sans que Nour ne comprenne ce qu'il faisait et pourquoi.

— C'est ici chez moi. Et, à présent chez toi.

— C'est ta maison ?

— Mon appartement, oui. C'est petit mais largement assez pour nous deux. Je vais cuisiner tu peux aller prendre une douche.

Tout à coup Lan oublia presque qu'elle ne venait pas de son monde.

— Pardon, je vais te montrer et t'expliquer avant, se reprit-il.

C'est ce qu'il fit. Nour ne saisissait pas encore pourquoi les gens ici faisaient tout ça mais elle apprécia, il avait raison, l'eau apaisait son corps. Quand elle eut fini elle poussa la porte de la salle de bain les cheveux trempés et emmêlés.

— Oh, je vais t'aider assieds-toi sur cette chaise, s'amusa Lan en la voyant toucher ses mèches d'une main et de l'autre regarder la brosse qu'il lui avait donné. Elle attrapa la chaise que Lan avait avancée pour elle. Il attrapa le bas de sa chevelure et commença à peigner le tout.

— Je ne te fais pas mal ?

— Non, je ne sais toujours pas ce que c'est d'avoir mal mais tout va bien, cela me fait du bien.

Lan sourit et continua. Nour était pour son esprit un brin de repos, du moins pour ce jour-ci. Il était effrayé, quand s'envolerait-elle ? Ou, déploiera-t-elle ses ailes par elle-même et deviendrait-il inutile ? Il chassa ses pensées qui avaient l'air de couteaux rapides et francs.

Ensuite il lui demanda de dresser la table tout en expliquant que c'était une des nombreuses habitudes d'ici.

— Encore, pensa-t-elle à haute voix.

— Que voudrais-tu que l'on fasse d'autre si l'on n'avait pas ces tâches, qui sont agréables parfois, à faire ?

— Je ne sais pas.

Elle s'assit en face de son hôte qui apporta dans le même temps son plat.

— Cela sent bon.

— C'est agréable de sentir de bonnes choses tu ne penses pas ?

— Je pense que c'est cela le plaisir.

— C'est cela.

Elle mangea à une vitesse folle malgré leur repas du midi elle n'était en aucun cas repue. Après le repas, Lan lui offrit un thé, elle voulait apprendre, plus que ce qu'elle avait pu voir aujourd'hui.

— L'eau qui détend nos muscles existe-elle ailleurs ?

— Bien sûr.

Lan se leva pour chercher une encyclopédie et une carte du monde, ou encore des photos de paysages afin de lui montrer l'immensité de la matière et du monde qui les entourait.

— Nous nous trouvons ici, un petit point sur ce bout de terre, tout autour il y a de l'eau. Une eau salée.

— Toutes ses côtes... doivent être belles.

— Oui.

Sans le savoir, Nour parvenait à utiliser des mots qu'elle n'avait jamais entendus, à exprimer les bonnes idées avec les bonnes formulations. Lan en était toujours content, il se réjouissait que l'apprentissage ne soit pas fastidieux mais beau et doux.

Nour s'endormit dans le lit de Lan et celui-ci partit alors s'allonger dans le canapé, ce n'était pas si inconfortable pensa-t-il. Ses yeux bleus se fermèrent tard dans la nuit, il était bousculé par ses démons de la veille, son stress, cette nouvelle rencontre perturbante. La pénombre fut transcendée assez rapidement par le soleil, trop vite pour Lan qui n'avait pu se reposer que partiellement. Nour se leva en même temps que celui-ci.

— Bon matin, dit Lan réalisant qu'elle n'était pas un

rêve.

— Bien dormi ?

— Je suis encore fatigué et toi ?

— Un lit est moins envoûtant qu'un nuage mais le matelas était moelleux, j'ai plongé rapidement dans le sommeil.

— Content de l'entendre.

Lan servit un petit-déjeuner digne de ce nom à Nour. Elle goûta le café en ne put s'empêcher de le recracher. Lan rigola fort. Une fois habillés Lan annonça à Nour qu'il l'emmenait à la mer. Elle prit sa main comme la veille, Lan pensa que cela était devenu une habitude. Il devait être son guide ici et elle son guide à travers son esprit embué.

Lan la fit monter dans sa voiture, et avec une vitesse folle pour Nour ils traversent les paysages.

— Pourquoi hier étais-tu à pied si tu as ce genre véhicule ?

— Car, hier lorsque tu m'as vu j'étais venu à pied déjà.

— Ah, tu aimes marcher ?

— Cela libère l'esprit, oui

Nour se tut, elle sentait qu'elle allait devoir aider Lan avec ses idées noires. Comment ? Elle n'en savait rien, puisqu'elle n'en savait toujours pas assez sur ce monde pour le comprendre.

Enfin ils aperçurent le déchaînement des vagues et les rochers qui symbolisait le large comme brisé. Les mouettes criaient au-dessus de leurs têtes, Nour en rigolait et Lan à cette vision souriait. L'air marin avait l'art d'apaiser son cœur. Son odeur de le transporter dans une autre vie et un autre corps ailleurs, loin. C'était un voyage olfactif, le parfum du nouveau, du changement au moins le temps d'une journée. D'un coup il se rappela que demain il devrait retourner travailler, encore. Nour vit son expression de peine et mit ses paumes sur ses joues, automatiquement Lan revint à l'instant présent, plantant son azur dans l'iris de Nour.

— Tu vas bien ?

— Je ne t'ai pas encore tout dit. Ici pour gagner ces billets verts, l'on se doit de travailler, travailler pour vivre ou survivre des fois.

— Je vais devoir m'y soumettre aussi dans ce cas, je t'aiderai.

Nour avait compris que le lendemain, Lan devrait la laisser seule et qu'il s'en désolait. Elle le prit dans ses bras pour lui faire oublier ce futur proche et certain qui ne serait que passager elle se le promettait. Ils se promenèrent toute la matinée sur le pont qui suivait la mer.

— Dans quoi travailles-tu ? osa demander Nour pendant leur pause déjeuner.

— Dans le design digital, je suis à la fin de mes études et le domaine est si large que je suis polyvalent, mais actuellement je fais des sites internet pour des entreprises, je ne suis pas indépendant pour autant, même si je le souhaite un jour.

— Quand le deviendras-tu ?

Lan ne répondit pas, Nour lui posait une colle.

Pour changer de sujet, Lan fit expérimenter le vin à Nour dont le visage exécuta une grimace en signe de dégoût.

— C'est amer.

— Comme la mer.

— Ça rime ! Mais pas vraiment, s'amusa Lan, enfin ce n'est pas salé, c'est plutôt désagréable et fort.

— Ah, d'accord, se rétracta Nour tout en se pinçant les lèvres d'un air faussement boudeur. Un brin de sourire restait sur son visage, contente d'avoir pu faire rire Lan.

Après ce repos mérité à dévisager le bleu de l'océan depuis le haut d'un muret, Nour décida de descendre pour affronter l'eau. Elle trempa ses pieds puis d'un coup s'enfonça dans l'eau. Lan qui la suivait prudemment paniqua, réalisant qu'elle ne savait probablement pas nager, il pénétra à une allure folle, en courant dans la mer fraîche. Nour commença à ne plus avoir pied et coula. Lan arriva à temps pour la sortir de là. L'eau à hauteur du bassin Nour remercia Lan, puis, l'arrosa comme si cet événement était sans importance. Lan qui était frileux était rentré plus facilement que prévu dans l'eau et s'étonna d'y rester pour éclabousser Nour à son tour. Ce n'est qu'une fois la bataille finie, étendus sur le sable que Nour demanda pourquoi elle avait été attirée par les fonds.

— La gravité dans l'eau est différente que sur terre, avec l'air nous avons un rapport d'équilibre. Quant à l'eau, je t'apprendrais à nager pour que tu puisses en profiter.

— J'ai déjà profité de cet après-midi, même sans cela, ce n'est pas grave.

Lan sourit tristement, elle était capable de relativiser et de voir le verre à moitié plein alors que lui ne savait faire que le contraire et se désoler pour tout.

— L'eau est immense, et tu me dis qu'après elle encore il y a des terres, d'autres coutumes, c'est incroyable !

Sur le chemin du retour, Nour s'endormit bercée par le bruit de l'autoradio qu'elle venait de découvrir à l'instant, l'autoradio avec toutes ses musiques. Lan combattait pour ne pas s'assoupir au volant, l'air frais l'avait fatigué un peu plus et le ronron du moteur l'avait toujours incité à fermer les yeux plus jeune. Juste au moment où il garait la voiture, Nour se réveilla.

— Je crois m'être endormie.

— C'est le cas mais ce n'est pas important.

— J'ai loupé quelques paysages quand même.

— Tu auras l'occasion d'en voir d'autres.

Nour lui sourit avant de sortir pour rentrer à l'appartement. Lan comme Nour voulurent faire s'éterniser la soirée, sachant que le lendemain serait différent.

— Tu penses que je pourrais trouver un travail moi aussi ? interrogea Nour.

— Oui

— Je ne sais pourtant rien faire.

— Tu apprendras sur le tas.

— Comment ça ? Que veux-tu dire par sur le tas ?

Lan qui s'attelait encore une fois au fourneau se retourna.

— C'est une expression. Cela veut dire que tu apprendras en travaillant justement.

— Je vois, merci.

Lan en mélangeant sa pâte à crêpes réalisa que depuis ces deux jours il s'efforçait de cuisiner et de ne pas manger les plats préparés qui traînaient dans son frigo. Il en mangeait rarement mais lorsqu'il était prit de court sur un projet à rendre il ne pouvait faire autrement que d'avaler ces boîtes en cartons, sauf si il n'avait pas oublié de préparer tout plein de tupperwares le dimanche d'avant ou que l'argent sur son compte était suffisant pour se payer la livraison d'un repas.

Dans un mois il pourrait se libérer de la double charge

de travail que lui imposait son école en alternance, se voyait-il travailler indépendamment ? Il espérait avoir le courage de se mettre à son compte mais la peur lui sautait à la gorge, il ne se sentait capable de rien, comment font-ils tous ces jeunes comme lui ? Ceux qui ont l'air d'avoir confiance et d'aller pour le mieux ?

Il soupira en servant Nour. Elle ne releva pas et changea de sujet.

— Qu'est-ce ?

— Un plat breton, c'est une galette, c'est salé. Ensuite il y aura une crêpe, ce qui est sucré. Je n'avais pas beaucoup d'ingrédients je te l'ai fait avec ce que je préfère, j'espère que ça t'ira.

— Tu as cuisiné, merci.

Il remplit également sa galette de sardines, fromage et épinards puis servit Nour et lui en salade. Elle l'avait attendu pour commencer et il la gratifia d'un hochement de tête. Tous deux finirent de déguster leur plat puis une crêpe en silence Nour approuvant seulement ce qu'elle avalait par des pouces en l'air à l'attention de Lan.

Après s'être rempli la panse, ils s'assirent dans le canapé car Nour avait l'air de vouloir profiter encore d'un instant pour questionner Lan sur sa vie, quant à Lan il ne voulait pas sortir de cette sorte de réalité parallèle dans laquelle il vivait depuis deux jours.

— Je me demande depuis que je t'ai rencontré, comment fais-tu pour affronter tes démons, en particulier celui qui t'as fait pleurer ?

— Comment ? Je ne sais pas. Chaque jour ils me frappent de l'intérieur mais je crois qu'à force je suis lasse et je cède alors ils me fatiguent moins et je deviens indifférent.

— Comment serais-tu si tu ne te laissais pas abattre par eux ?

— Loin. Je serais probablement parti déjà, profiter du monde.

— Quelles sensations te font-elles ressentir ces poussières noires qui persiste dans ton esprit ?

Lan se tût, Nour l'assaillait comme pour l'aider à s'en sortir mais il était tant perdu qu'il se demandait si ça valait le coup d'y réfléchir. Qu'est-ce qui pourrait changer après une simple discussion ? Pourtant il prit quand même la peine de répondre à ces questions farfelues et intimes.

— Elles me disent de rester à ma place, que je n'y parviendrais pas quoique je tente. Que même si j'aime le contact humain je ne suis pas assez drôle, soit ennuyeux. Elles me signalent que je suis lâche.

— Comment peux-tu penser tout ça de toi-même Lan ?

C'était la première fois qu'elle l'appelait par son prénom, il releva les yeux vers les siens. Elle semblait vouloir le comprendre, comme il restait muet elle continua de parler.

— Qu'est- ce qui t'as causé autant de tort ? Je ne connais pas ce mal car j'ai toujours vécu par moi-même et pour moi-même sans discuter avec qui que ce soit. Mais en te voyant je n'ai plus envie de rester la même, j'ai envie d'avancer. Avant de te croiser je ne souhaitais pas descendre de mon nuage, j'aimais ma réalité aussi fausse soit-elle. A présent, je ne vais pas tout faire pour retrouver ce mensonge dans lequel je m'étais enfermée car tu es là et tu m'as appris des choses. Je n'aime pas forcément ce que j'ai vu mais je vais m'y faire, je vais changer ma vision et apprendre. Tu devrais pouvoir avancer Lan, tu n'es pas un fantôme, tu peux bousculer ta pensée et modifier le cours de tes actions. Je ne suis pas le meilleur exemple car j'ai simplement tout à construire mais, toi tu peux construire et déconstruire, tu as plus de bagages que moi car tu vis ici depuis plus longtemps. Prends ce que l'on te tend, prends ma main, prends mon aide.

Les yeux de celui-ci se remplirent de larmes, il était fatigué, fatigué de courir après un semblant de sourire, de temps et de ne plus se comprendre. Souvent il s'était regardé et ne savait plus ce qu'il faisait, comme inconscient de sa propre vie.

Sans un mot, Lan prit la main de Nour, baissa les yeux en guise de pardon ou de merci, il n'en savait trop rien, puis, il se leva et partit dormir instantanément.

Tôt le matin, après une nuit plus ou moins agréable entre chaleur, stress et calme intense, Lan mit le pied à terre. Il attendit plusieurs secondes repensant au moment où il avait décidé de choisir cette voie dans le design digital. Petit de quoi avait-il rêvé ? D'aventures ? D'air frais ? De verdure ?

Il ne s'en souvenait plus. Quand était-il devenu solitaire ? Lors de ses études supérieures ? Probablement. Au lycée il allait à chaque soirée proposée dès qu'il en avait le loisir, il se perdait dans la foule, et cochait une liste de connaissances bien longue, réussissant tout de même à nouer une relation avec un petit groupe d'amis avec qui il n'avait pas à supporter la solitude. Dommage de ne plus être à cette époque où la vie des autres seulement lui importait, où il n'avait qu'à supporter le poids des autres. Tout en se redressant, il était heureux de se rappeler à quel point son soi passé était touche à tout et en même temps, il était déçu que ses relations se soient évaporées dans le temps, qu'il n'ai pas su les conserver. Il aurait aimé magnifier l'amitié en la rendant durable et éternelle. Mais, Lan s'éloignait souvent de ce qui lui plaisait, des gens avec qui il commençait à tisser des liens affectifs. De quoi avait-il peur ? De voir disparaître un jour un monde qui fut beau ? Préférait-il alors ne jamais le construire ce monde ? Tout compte fait, ce monde dont il avait entraperçu les portes s'était bel et bien défait devant ses yeux sans qu'il n'ose alors intervenir dans le cours de sa propre vie.

Dans la salle de bain il passa un rapide coup de main dans ses cheveux gris rayonnants, il ne prenait pas le temps de les coiffer, le vent les arrangerait pensait-il. Il revêtit son jean noir, son t-shirt à manches longues bleu puis sa veste en jean noire. C'était son habitude d'avoir au moins une touche de noir, et les jours où il se sentait moins confiant le nombre d'habits noir sur lui augmentait, comme une armure dressée.

En poussant la porte de sa chambre, il vit Nour déjà levée. Elle regardait les placards, étudiait le rangement. Il prit un post-it afin d'écrire comment allumer la télé ou encore l'ordinateur pour qu'elle puisse se documenter au besoin. Il décrivit aussi comment faire pour rechercher une idée quelconque, et, il ajouta ce qu'elle pouvait manger et quelques indications de cuisson.

— Sais-tu lire ?

Nour n'avait pas perçu sa présence jusqu'ici et fut donc surprise d'entendre la voix de Lan derrière elle.

— Arriverais-tu à lire ce qu'il y a écrit sur ce paquet ?

— Pâtes.

— Sur celui-ci ?

— Ratatouille.

Lan lui sourit, cela allait faciliter pas mal de choses de ne pas avoir à apprendre à lire.

Il l'invita à prendre place pour manger le petit déjeuner. Sa main lui tendit de la brioche, Lan en raffolait et voulait lui faire goûter aussi. Nour adora.

Après cela Lan dû filer en vitesse, il n'avait pas fait attention à l'heure. Au travail, il se lava les dents discrètement dans les toilettes puisqu'il n'avait pas eu le temps avant de partir.

Son maître de stage arriva juste après lui au bureau. Il le salua et lui demanda de venir le voir dès qu'il pourrait. Lan acquiesça et s'y rendit immédiatement.

— Dans un mois tu as fini ce stage et tes études, nous n'avons pas de poste ici mais une entreprise voisine recherche quelqu'un de ton envergure, je t'ai recommandé, à toi de décider à présent si tu souhaites y postuler mais tu as toutes tes chances.

Lan le remercia mais il ne lui assura pas d'envoyer son CV. De retour sur sa chaise, il réfléchit. Il avait voulu être indépendant, ce n'est pas maintenant qu'il devait se dégonfler. Sa route allait être longue, peut-être travailler dans cette autre entreprise serait favorable pour la suite de son aventure solitaire ? Il consulta l'offre, hésita mais ne fit rien et se remit au travail.

A sa pause-café il pensa qu'il devrait peut-être songer à ressortir, rappeler d'anciens amis mais que, comme il ne se souvenait plus très bien d'eux et que déjà quelques années étaient passées, il devrait se refaire un nouveau cercle de proches. Il emmènerait Nour aussi dans ce cas, rencontrer des gens. Sa pause déjeuner fut solitaire face à son tupperware, il consultait les bars où il aimerait aller, ceux où la moyenne d'âge était de 25 ans. A la fin de semaine il ferait l'effort d'emmener Nour avec lui profiter d'une vie nocturne, se convint-il. Sa journée se finit rapidement. Il avait mal aux yeux en relevant sa tête de son écran. Il s'étira, éteignit son poste, prit son manteau, son sac et sortit. L'air frais de la ville lui chatouilla le nez, pourquoi s'enfermait-il autant ? Que ce soit aux autres ou à l'intérieur de ce bureau. Celui-ci était agréable, lumineux, joyeux certes mais lorsque nous n'avons pas réellement sympathisé avec nos collègues cela a-t-il un intérêt d'aimer au plus profond de nous son métier, sa boite, son poste ? Pour lui, sa réponse aurait été oui, oui il aimait la solitude mais il aimait tant également se mélanger à la foule, parler, découvrir, écouter.

Il regardait le ciel de la ville, l'admirait serait plus exact. Il s'imaginait redécouvrant ce même ciel, cette même étoile sur une terre différente, éloignée, inconnue, agréable et remplie de culture, d'histoires, de nouveauté et de beauté donc à ses yeux. Sous une nuit semblable il se perdrait sur un continent méconnaissable. Ce qu'il souhaitait il ne le savait pas encore, il s'en fichait de le découvrir tant que son cœur ne paraissait ne pas en souffrir, c'était ce qui comptait : être distant, mener une vie à l'écart pour se sauver.

Mais, depuis qu'il redécouvrait la vie à travers Nour il se sentait stupide. Stupide de vivre de cette façon, de se perdre dans son ventre vide, d'avoir réprimé ses sentiments, et que ses émotions lui fassent défaut.

Il se dit qu'il ne fallait plus qu'il supporte cet océan sans vie, sans poissons, ce néant qu'il était. Il ne pouvait plus se permettre de passer à côté de quelque chose de magnifique, il ne pouvait plus rêver, il fallait qu'il agisse. Si Nour, sa simple présence, aussi courte soit-elle, lui avait fait prendre conscience d'autant de choses, alors il devrait la remercier en se forçant à renaître pendant qu'elle, elle naîtrait.

Comme par magie, perdu dans sa réflexion, il était déjà arrivé à destination, devant son palier. Il tourna la poignée et vit Nour attentive à l'ordinateur, concentrée dans sa tâche. Puis, il vit derrière elle un plat, de la farine et des ustensiles juchant un peu partout dans la cuisine : sur le plan de travail, sur le micro-ondes, la gazinière éteinte...

Il ne l'interrompit nullement et partit ranger ses affaires avant de la rejoindre. Par la suite il se mit à l'observer en silence, sans que Nour ne remarque sa présence. Sans un mot Nour cuisinait et Lan contemplait cette scène de ballet, d'harmonie culinaire qui n'y ressemblait finalement en rien mais que, justement, il trouvait gracieuse. Lorsque Nour mit enfin le gâteau au four, quelques longues minutes plus tard, elle l'aperçut.

— Quand es-tu rentré ?

Elle ne paraissait pas plus surprise que ça du fait que Lan se tenait devant elle, les yeux rivés sur ses mains qui travaillaient.

— Il y a peu.

Elle hocha la tête et se mit à ranger, nettoyer la pièce qui avait servi à façonner son œuvre d'art, du moins d'aspect. Lan se leva pour l'aider et ils firent le ménage à deux.

— Tu as réussi à utiliser internet et à cuisiner ?

— Je m'y suis reprise à trois fois, lui sourit-elle, il n'est pas fameux.

— Il ne me paraît pas si horrible, rit Lan de bon cœur repoussant le torchon qui cachait la vitre du four.

— Le goût compte non ?

— On verra ce que ça donne.

Lan mit la table pendant que Nour sortait ce qu'ils pouvaient manger. Lan avait fait une salade de riz.

— Qu'as-tu pu faire aujourd'hui ? interrogea Lan.

— J'ai donc tenté ce gâteau aux myrtilles, ce matin j'ai regardé la télé pour comprendre ce qu'il se passait ici, sur Terre.

— Et qu'en as-tu tiré ?

— Que rien ne va.

Lan eu un rire sarcastique.

— Qu'est-ce que j'ai dit ?

— Les informations évoquent les deux tiers du temps des nouvelles pas glorieuses voire déprimantes ces derniers temps.

— Que veux-tu dires par deux tiers ?

Lan dû lui expliquer cette expression, cette vision mathématique.

— Pourquoi quantifier par les nombres ou réduire le temps à ceux-là ?

— Pour rendre la vie plus simple. A vivre, à comprendre, à contrôler, à sauver. Nous avons classé aussi les idées, classé les éléments naturels et de ce biais la nature car c'est la seule chose qui est au-dessus de l'humain, qui peut le renverser à ses yeux.

Nour resta perplexe.

— En tout cas, je n'ai pas vu ces informations comme défaitistes. Mais plutôt comme signal d'alerte, comme demande d'aide, comme si à travers l'écran ma main tendue aurait pu être utile.

— Les chaînes d'informations servent à ça, prévenir, demander soutien, informer pour mieux se préparer, pour connaître le maximum à propos de ce qui est possible de savoir, toujours afin de s'en sauver, de contrôler et de pouvoir relier ces connaissances avec les gens qui nous entourent ou non.

Nour hocha la tête et ne rajouta rien de plus.

— Le monde extérieur me fascine avoua Lan, la télé m'effraie et me complaît.

Nour le dévisageait, l'interrogeait du regard.

— J'ai vécu assez aisément, j'ai oublié un peu mon passé mais je ne me suis pas reconstruit entièrement, c'est comme s'il manquait un morceau de ma personnalité, de mon histoire. La seule chose qui me sauve et qui me fait frissonner sont les livres. Lire est une délivrance qui m'aide à m'exiler. Une fois plongé dans leur univers parallèles, je découvre un monde qui me détache de moi-même. Il n'y a que quand je relève la tête que je me souviens où je suis, ce que je fais et ce que je dois encore faire.

— Tu ne m'as pas parlé de ce qu'étaient les livres jusqu'ici, je ne sais pas ce qu'ils sont.

— Regarde l'étagère là-bas, tu vois ce qui s'y trouve dessus ?

— Oui.

— Ce sont des livres. Ils regorgent d'imaginaire, de réalité, de sensualité, de volonté humaine, d'explication imperceptible. Ils sont de l'art, de l'expression écrite.

— De l'écrit ? De l'art ?

— Tu ne sais pas écrire ?

— Non.

— Je t'apprendrais demain, après-demain...

— Et qu'est-ce que l'art d'écrire ?

— Une façon de s'exprimer, de parler sans voix, de laisser ses émotions virevolter, la possibilité aux gens d'interpréter le monde, un semblant de liberté.

Nour se tût un instant, repensa aux mots de Lan avant de répondre et de demander :

— Apprend moi à écrire. J'aimerais également voir mes pensées s'égarer.

II

Lan retourna au travail, se rassit chaque matin comme tous les matins devant son poste, se mit à dessiner, revoir les projets en cours, seul, attendant le soir avec impatience, le visage de Nour concentré avec impatience. Attendant son sérieux de la veille quand il lui avait acheté un carnet pour apprendre à écrire, et que celle-ci l'avait ouvert des étoiles dans les yeux, touchée par ce geste qui, pour Lan, était symbolique et dont elle savait important et désolé. Oui, il était désolé. Désolé de ne pas rester pendant la journée, de ne pas lui faire écrire de belles phrases, de belles pensées et, désolé de ne pas pouvoir rester l'aider.

C'était bizarre cette nouvelle vie qu'il menait. Il était transporté par un sentiment de plénitude, ça le sauvait de ce vide intense qu'il avait pu ressentir avant Nour. Il n'éprouvait pas quelque chose particulier à l'égard d'elle simplement le fait qu'il avait l'impression que leur monde était intemporel, s'il avait pu changer de planète il l'aurait fait avec elle. Peu importe où se trouvaient-ils, son corps lui intimait de se relaxer et il ne pensait plus à rien.

En poussant la porte de leur appartement à présent, il la retrouva accoudée au bar le crayon dans la bouche, le cahier d'écriture devant son nez. Il s'arrêta net, observa cette image flottante et réconfortante d'avoir quelqu'un avec qui partager des bouts de vie. Nour était coiffée d'un chignon fait à la va-vite, tant concentrée sur son exercice qu'elle n'entendit ni la porte s'ouvrir ni le four se mettre à sonner. C'est alors Lan qui courut éteindre ce dernier, une tarte sucrée et colorée venait de cuire. Nour se retourna brusquement, complètement dans la lune.

— Oh non j'avais oublié que j'étais en train de cuisiner !

— Ne t'en fais pas, elle n'a pas encore eu le temps de brûler.

Nour se mit à fixer Lan un moment.

— J'ai quelque chose sur le visage ?

— Pourquoi cet air si joyeux ?

— Parce que je suis content d'être rentré voilà tout !

— Tu avais l'air de te moquer de moi encore une fois !

— Mais non, ria Lan, je ne vois pas de quoi tu parles.

— Enfin je préfère ça au Lan que j'ai rencontré !

Lan s'immobilisa. C'est comme si un éclair l'avait traversé. Il revint à la réalité, celle dont Nour lui permettait d'échapper. L'angoisse lui sauta à la gorge, il s'effondra. Son sac à dos tomba à terre en même temps que lui. Pourtant il avait tout pour être heureux à présent lui aurait-on dit.

— Lan ! s'écria Nour, paniquée par ses propres mots.

Il ne bougea pas sous l'appel de celle-ci, ni sous ses demandes de réponse auxquelles il ne prêtait aucune attention. Nour était prise d'une peur comme jamais elle n'avait connu auparavant.

Après avoir secoué Lan pendant plusieurs minutes elle recula, elle aussi la situation lui avait échappée, son nuage depuis lequel elle était tombée s'était retrouvé en Lan, mais, à cet instant elle se rappela la fragilité de celui-ci, humain.

Elle se fit frapper elle aussi par la réalité, et se souvint pourquoi elle flottait là-haut. Pourquoi elle n'affrontait pas la réalité, sa peur du monde, des autres, de la vie elle-même et de ses difficultés.

Tous deux dans un état second, le vide emplit la pièce. Enfin c'est Lan qui finalement releva les yeux pour les planter dans le regard de Nour qui était perdu, il était figé, comme à des années lumières, sur Lan. Habilement, celui-ci prit la main de Nour. Le contact de leurs peaux froides, froides autant que s'ils étaient des fantômes, que si leurs âmes avaient disparu de leur corps une seconde, réveilla Nour de sa paralysie. Elle s'écroula dans les bras de Lan, il lui caressa l'arrière de crâne avec amitié, peiné de l'avoir mis dans cet état.

Ensemble ils se relevèrent et sans un mot Lan parti cuisiner et Nour se doucher, faire couler l'eau sur sa peau, peau brunie par le soleil, par ses rêveries.

— Je suis désolé de t'avoir blessé tout à l'heure Lan, tenta Nour revenant vers celui-ci, cheveux dégoulinant d'eau.

— Tu ne m'as rien fait, simplement tu m'as permis de reprendre conscience du cours de ma vie. J'avais l'impression d'être en dehors de tout cours du temps depuis que tu es arrivée, que la société, son fonctionnement ne m'atteignait plus, d'ailleurs je ne comprends même plus toutes ces notions pourtant évidentes aux yeux de beaucoup de gens, argent, bonheur, vie, peur, colère.

— Pourtant quand j'ai débarqué ici c'est toi qui m'as appris à ressentir ces émotions, qui vainement m'a tenté d'expliquer ces choses que je ne perçois toujours pas bien, tu avais tracé les contours de ce monde.

— Je suis vide, j'erre sans but, j'aime ce que je fais, j'aime créer mais... il y a comme un trou dans ma poitrine, mon corps ne veut plus me répondre, il est las de mon perfectionnisme, de mon organisation plus que rigoureuse.

— Alors, travaille à te détacher de ceci, apprends en même temps que moi à vivre. Tu m'avais parlé de m'emmener visiter la ville le soir, de m'emmener danser, découvrir le partage avec un plus grand nombre, faisons-le et lâche prise grâce à moi.

Lan se stoppa dans sa cuisine, regarda ses mains, sa

quiche presque finie. Nour s'approcha, détacha son tablier, prit le plat et le mit au frigo.

— J'ai réfléchi sous l'eau chaude, je ne peux pas non plus rester là, à me terrer et à faire semblant de ne pas voir la réalité, regarde ce que ça m'a coûté... Pendant longtemps j'ai évité de prendre part à ma propre vie, j'ai flotté au-dessus de la Terre pour la simple bonne raison que je ne voulais pas souffrir, sous prétexte qu'être seule était suffisant, et, qu'est-ce que ça m'a apporté ? J'ai raté tant de bons moments, tant de rencontres, tant de choses banales et quotidiennes qui me rendent humaine. Maintenant, je refuse que tu ne deviennes pareil que moi, nous sommes bien seuls, mais... mais... notre vie n'est pas vaine, même si elle est stupide, peu importe, tu peux quand même vivre, par ailleurs, tu vis quand même, alors fais-le, avance même s'il n'y a pas de but, même s'il y a simplement une fin qui te rend aveugle et par laquelle tu es ou non effrayé, par contre ne sois pas effrayé de vivre, par ce que c'est tout ce qu'il te reste malheureusement.

Lan écouta, sans n'exprimer aucune émotion, il se lava les mains, et comprit qu'il devait se changer pour sortir avec Nour. Il passa ses mains fraîches sur son visage, voulant se redonner une mine avec laquelle il puisse sortir, il puisse sourire. Il troqua sa simple chemise-t-shirt contre un pull plus agréable et une veste qu'il avait toujours laissé au fond de l'armoire, n'osant jamais vraiment la porter. Nour attendait Lan qui ne se pressait pas à enfiler ses chaussures.

La brise du soir leur fit un bien fou. Une fois au bar, Lan reprit enfin la parole.

— Tu as finalement continué d'écrire et de lire ?

— J'ai avancé dans le cahier que tu m'avais acheté, je ne sais pas comment bien apprendre à vrai dire.

— Il n'y a pas de bonne façon d'apprendre, cela dépend de ce qui te plaît et de quel moyen tu te sens le plus à l'aise. Si tu essayais de me lire la carte pour me montrer comment tu as amélioré ton vocabulaire ?

- Boissons ça va, so-ofts, sodas, smo... ?

— C'est de l'anglais, smoothies, c'est déjà bien tu vas progresser vite je suis persuadé, regarde comment tu parviens à t'adapter, à connaître le sens des mots.

— Merci de m'encourager, j'épluche les dictionnaires.

— Tu dois regarder des vidéos aussi pour ressortir ce genre d'expression.

— C'est vrai, esquissa Nour.

Le serveur les interrompit, puis, leur bulle fut éclatée par un petit groupe de personnes s'installant au bout de leur grande table.

— Désolé, leur lança l'un d'eux tout sourire, riant encore aux idioties d'un de ses amis.

Lan hésitait à changer de place mais c'est Nour qui le rassura.

— Rappelles-toi, tu voulais que je rencontre de nouvelles personnes, tu voulais aussi revoir du monde, alors, Nour jeta un rapide coup d'œil au groupe près d'eux, ne les fuis pas, chuchota-t-elle.

— Je ne sais plus comment créer un lien avec les gens Nour.

— Tu as bien réussi avec moi.

— Tu m'es quasiment tombée dessus.

— Dis toi que ceux-là aussi te tombent dessus, ou plutôt te foncent dessus.

Lan se tût, fit une moue qui signifiait à Nour qu'elle n'avait pas tort.

— Et si je n'arrive quand même pas à rire ?

— C'est bien toi qui dois m'aider aussi là-dessus ? Alors que me dirais-tu ? Parle-toi comme si tu me parlais à moi, soit bienveillant envers toi-même.

Décidément, Nour frappait fort ce soir. Au même moment où leurs verres arrivaient, la personne qui s'était déjà adressée à eux, les interpella à nouveau.

— Hey, je me charge de payer vos consommations en guise de pardon, je suis vraiment désolé pour mon groupe d'amis un peu bruyant.

Lan resta interrompu, Nour et leur interlocuteur attendirent qu'il réponde.

— Non merci, c'est gentil mais vous avez l'air plein d'entrain et vous êtes une bonne distraction alors vous avez déjà mon pardon.

La personne aux cheveux noir ébène rit de tout coeur.

— Touché d'apprendre cela, pourtant ils sont plutôt du genre à être envahissants partout où l'on passe.

— Ne t'en fais pas.

— Venez avec nous si vous souhaitez.

Cette fois c'est Nour qui acquiesça. Elle tira sa chaise vers l'inconnu, la petite bande la salua tout en continuant leur conversation qui semblait palpitante tant elle était animée. Lan se rapprocha également après plusieurs minutes à simplement écouter le débat lancé.

— Veuillez donc accueillir Nour et son camarade, coupa ses amis l'inconnu, posant ses yeux sur Lan.

— Lan.

— Enchanté, continua-t-il théâtralement, votre hôte ce soir se nomme Yohann, et derrière lui ne se trouve que des imbéciles.

Ses amis s'esclaffèrent, une d'entre eux riposta en lui donnant une tape sur la tête.

— A savoir qui est l'énergumène ici le plus enragé !

Lan les trouvait tous si détendus, ils auraient pu être un aperçu de liberté, à minima envers soi-même.

Ce groupe aussi incongru soit-il décida de boire leurs verres autour d'une partie de cartes empruntées au bar. Le fameux Yohann lançait des coups d'œil rapides à Lan qui semblait dans un autre monde, son corps émanait une chaleur à nouveau, au moins l'espace d'un instant. La gaieté de la petite bande l'avait atteint et Yohann percevait l'émotion qui se dégageait de lui. Lorsque Lan regarda sa montre, sa raison le rattrapa et il fit un bond, il n'allait pas avoir de sommeil s'il continuait ainsi, lui pour qui dormir était bien souvent un moyen précieux de s'échapper. Yohann intervint à ce moment, constatant que Lan avait l'air d'hésiter.

— Lan, que t'arrive-t-il ?

— Je travaille demain, je ne sais pas si je dois rester plus longtemps ou non.

— Cela ne tient qu'à toi, le titilla Yohann ne lui donnant aucune réponse nette.

A ce moment, Nour prit part à la conversation.

— Tu peux te détendre Lan, tu es jeune, tu ne sors pas souvent, si tu passes un bon moment ne penses pas à demain, pas ce soir, tu es plein d'entrain même un peu fatigué tu parviendras à te débrouiller si ce n'est que ce soir, et puis dès que tu le souhaites je rentre avec toi.

Nour avait décidément choisi de profiter aujourd'hui coûte que coûte, Lan restait encore dans ses tranchées, cela n'était évidemment pas aussi simple que ça, mais qui sait la roue tournerait peut-être, tout n'était pas linéaire après tout.

Les deux nouveaux colocataires restèrent encore une heure à découvrir les histoires rocambolesques de chacun, Nour faisant de son mieux pour comprendre un maximum de choses. Finalement, elle vit dans le regard de Lan, perdu à écouter les récits de vie, les blagues taquines, les valeurs de chaque personne autour de cette fameuse table, un profond malaise. Lan ne savait pas ce qu'il pouvait raconter de lui, que défendait-il ? Qu'avait-il fait durant sa scolarité de plaisant ? Il n'avait pas le souvenir de s'être ennuyer pourtant, il aimait apprendre mais cela voulait-il dire qu'il avait eu pour meilleur ami un livre de français ? De physique ? Cependant il n'était pas un rat de bibliothèque, il avait eu des amis, il était sorti, ils avaient eu des rêves, ils avait été des aventuriers, des admirateurs de la nature en un sens et ils avaient été superbement discordants, mais il savait qu'il avait délaissé son entourage par pur fatigue de devoir déjà se battre contre lui-même, que son seul regret pouvait être de ne pas voir ce qu'il tenait alors au creux de sa main, et, d'avoir perdu cette partie de la vie sans retour en arrière possible.

Sur le chemin du retour, après que Yohann soit parvenu à obtenir le numéro de Lan prétextant une future sortie avec Nour et le reste de ses amis, Lan laissait ses yeux divaguer sur le ciel noir mais plus remplit que jamais de sentiments, chaleur, et épuisement. Une fois la porte de l'appartement passée, Lan s'effondra sur le canapé, exténué par la sociabilité dont il avait dû faire preuve. Nour aurait voulu lui laisser sa place dans ce lit qui était sien mais elle ne pouvait rien faire, alors simplement elle se dirigea vers la chambre et elle aussi s'endormit précipitamment.

Nour fut réveillée par le bruit de la douche qui coulait, son hôte devait avoir trop bu mais ça elle ne le percevait pas. Au moment même où Lan sorti de la salle de bain Nour sortie elle aussi de la chambre à peine habillée d'une culotte et d'un t-shirt. Encore un peu dans les vapes, Lan la regarda fixement puis lui proposa de manger un morceau avec lui. Installés tous deux autour du bar, Nour prit enfin la parole.

— Ça va ? commença-t-elle alors par lui demander.

— Je suis juste encore un peu endormi, mais j'ai pensé, embraya Lan, tu pourrais aller visiter la ville, te familiariser avec et peut-être trouver une formation qui te plairait ?

— Pour que je travaille ensuite ? Oui.

— Dans ce cas je t'imprimerai un plan de la ville et te donnerais un vieux téléphone à moi, j'ai dû en garder un quelque part.

Nour comprenait mieux tout ce qui arrivait à Lan et

tout ce à quoi elle avait échappé des années durant. Voyant l'heure tourner Lan se pressa, laissant Nour à ses occupations. Celle-ci se dit qu'elle devrait faire quelque chose de plus pour Lan, il la portait sur ses épaules quand bien même celle-ci pouvait également l'aider. Elle ouvrit alors l'ordinateur de Lan, décidant de se renseigner sur divers projets qu'elle pourrait mener. En fin de matinée elle réalisa que ni un métier, ni une carrière ne pourrait être le seul but d'une vie. Elle se résolut alors à avoir un objectif à court terme, par la suite elle verrait bien si un rêve grandirait en elle ou non ; d'abord elle devait quitter l'appartement de Lan, pour cela internet semblait dire tant de choses qu'elle se perdit. Dans ce monde comment allait-elle faire pour exister par elle-même ? Elle était inexistante aux yeux de la société, c'est cela qu'elle devait obtenir en premier lieu, une identité, mais... même pour parvenir à être quelqu'un légalement cela semblait le parcours du combattant.

L'après-midi durant, elle remplit autant de formulaires qui aurait pu prouver qu'elle était en vie, elle dû laisser des cases vierges ne sachant que mettre, ne sachant ce qu'elle aurait dû avoir et être.

Lorsque Lan rentra du travail plus énergique que le matin même, Nour lui confia qu'elle avait entamé cette démarche. Lan s'étonna lui-même de ne toujours pas avoir pris le temps de le faire dans une situation comme celle-ci. Aussi, comme promis plus tôt, Lan donna à Nour un plan de la ville, celle-ci le prit avec joie et lui déclara qu'elle irait le lendemain la visiter et tenter de finir ses papiers. Lan tendit également à Nour un téléphone, il lui expliqua comment s'en servir mais celle-ci comprenait déjà bien comment utiliser un ordinateur alors ceci fut un jeu d'enfant. En l'espace d'un temps qui avait paru pourtant si court à Lan, Nour avait rattrapé le long apprentissage des mécanismes inculqués tout au long de la vie, sans pour autant être totalement familière avec les concepts, les devoirs mais comprenant que cela fonctionnait comme tel. Il manquait encore à Nour une chose précieuse, l'épanouissement culturel, son niveau d'écriture et de lecture avait progressé, et elle se mettait à lire la petite bibliothèque de Lan. Celui-ci espérait que tout irait à présent dans la vie de Nour, elle finirait par être plus indépendante que lui.

Au moment où Lan demandait à Nour ce qu'elle voulait manger, le téléphone de celui-ci sonna justement et Nour lit le prénom affiché : Yohann. Elle décrocha alors pour ne pas faire patienter leur interlocuteur puis finalement dirigea le téléphone en direction de Lan.

— Salut, Lan ? c'est bien toi ?

— Salut, oui, pourquoi est-ce que tu m'appelles ?

— Je voulais vous inviter à sortir ce week-end Nour et toi, à vrai dire avec ceux que vous avez vu la dernière fois on va à la mer et on se demandait si vous vouliez vous joindre à nous ? Je crois qu'ils vous ont beaucoup aimé, et moi aussi, chuchota Yohann, vous seriez partant ?

Lan se tourna vers Nour pour demander si cela lui convenait, elle lui sourit à pleine dents trop heureuse à l'idée de revoir le rivage.

— Je crois bien que c'est un oui de la part de Nour, on sera donc de la partie. Tu pourras m'envoyer ce que vous avez prévu ?

— Je t'enverrais le lieu et l'heure de départ pour qu'on ne parte pas à dix voitures et je t'ajoute de ce pas dans le tchat pour que tu puisses avoir les informations importantes, si jamais pense à rajouter Nour je n'ai pas encore son numéro.

— Merci de votre invitation.

— Tout le plaisir est pour nous, dit Yohann sur un ton doux avant de raccrocher.

— Cette fin de semaine va être mouvementée ! s'extasia

Nour.

Lan lui sourit simplement avant de reprendre ce qu'il était sur le point de commencer avant cet appel imprévisible. Une fois à table, Lan interrogea Nour sur ce qu'elle aimait depuis qu'elle était là, il pensait que cela lui permettrait d'y voir plus clair dans ses projets et, ça le ferait sourire lui. Nour parlait avec excitation de ses nouvelles passions, l'océan, la cuisine, le lever du soleil, les livres et la technologie.

— Le lever du soleil ne t'es pas inconfortable ?

— Non, je suis sortie plusieurs matins sur le balcon après ton départ, as-tu déjà pris le temps de regarder la lumière rose fendre les nuages ?

— Plus jeune je la regardait tourner au jaune et se perdre dans le bleu du ciel. C'est comme un poisson qui replongerait dans l'océan, qui retournerait là où sa vie se construit après l'agitation de la nuit et des étoiles, celles qui se battent pour briller et crier plus fort, toujours se voulant immortelles.

Nour ne dit rien, Lan semblait parler d'un sujet qui le touchait, mais, pour l'instant il ne s'était toujours pas confié à Nour, il n'avait toujours pas osé demander de l'aide à Nour.

— Les humains sont pareils, je vois des gens fuir les autres pour leur propre bien, pour vivre dans une bulle loin de toute richesse et proche de tout ce qu'il y a à posséder.

Nour ne comprenait pas tout ce qu'il entendait par là, elle laissa donc passer cette réflexion. La conversation resta là un instant en suspens. Lan changea enfin sa mine perplexe qui se contentait jusqu'ici à fixer son assiette, il releva la tête pour reprendre la parole.

— La cuisine, donc, sourit-il, tu aimerais apprendre cela.

— Oui, j'ai vu bien des tonnes de cours, je ne sais pas ce que je dois choisir.

— Une formation de l'État serait le plus adéquat si tu souhaites en faire un métier.

— Tu ne veux pas m'obliger à t'aider pour le loyer ? Tu sais je sais que je peux être un poids pour toi, je tombe de nulle part, de te donne des conseils sans connaître ta vie, tu m'apprends ce que vie signifie avec ses obligations et ses notions, tu dois me nourrir, dormir sur ce canapé par bonté, t'occuper de moi comme un enfant qui grandirait trop vite et que tu devrais élever seul.

Lan s'enfonça dans sa chaise, interdit.

— J'aime cuisiner mais même si tu ne me force pas à travailler, il le faut bien, tu ne peux pas tisser nos vêtements, tu ne peux pas construire ton matériel, ton appartement. Je ne suis pas si stupide, je ne connaissais peut-être rien à cette vie il y a encore quelques semaines mais je n'ai pas besoin de tout lire et tout réapprendre pour comprendre. Je suis humain.

— Désolé, si c'est ce que je t'ai fait ressentir je voulais que tu gardes ta joie et la chaleur qui émane de toi.

— Tu n'es pas si froid Lan, tu m'as pris sous ton aile peu importe que ça t'ai paru quelque chose de normal à faire, tu l'as fait sans te poser de question.

— Merci.

A ce moment précis Lan ne pouvait rien ajouter, tout était calme car Nour lui avait expliqué sa démarche, il lui en était reconnaissant et, il pensait que rien ne pouvait autant montrer sa gratitude qu'un sincère aveu, dans ce merci résidait le fait qu'il acceptait de ne plus être totalement seul, de se débrouiller seul comme il avait l'habitude, de ne plus compter uniquement sur lui mais sur cette amie qui lui offrait un sourire plein de compassion.

— Reprends ton lit s'il te plaît.

— Non, le canapé est confortable, en plus je me lève souvent la nuit.

Nour n'avait pas envie d'argumenter avec Lan pas après leur discussion et la fatigue apparente de celui-ci.

Le lendemain, Nour se leva au moment où Lan refermait la porte derrière lui. Elle le regarda traverser à travers la fenêtre, il était un poisson silencieux, un de ceux qui observe, mais elle savait qu'il en connaissait un rayon en termes d'histoire et que dans ces moments-là il se révélait bavard, les week-ends précédents avaient pu le confirmer. Ce Lan-là la motivait à se bouger afin qu'à travers elle il redécouvre le monde, pour ça elle devait commencer par ne pas se perdre en ville aujourd'hui.

Elle emprunta un gros manteau à Lan au vu du vent qui s'était levé, cela l'avait surprise mais le temps devenait doux avec les saisons se souvint-elle. Minutieusement, elle avait noté où elle devait aller et par où passer, en plus de ses flâneries elle devait tout de même trouver une école que lui avait envoyé Lan par téléphone, et, en premier lieu, le bâtiment de l'administration. Une fois là-bas, Nour prit un temps pour contempler ce bâtiment ayant probablement vécu des tas d'événements, chargé d'histoire. Au bout d'un bon nombre de minutes, la chance fut-elle que quelqu'un s'approcha d'elle afin de la renseigner.

— Bonjour, je viens pour un renseignement, énonça-t-elle simplement.

S'ensuit le rendez-vous, Nour avait retrouvé ses affaires qu'elle avait troquées contre son nuage à l'époque, se souvenant par-là, qu'elle avait vécu ici. En ressortant de la bâtisse, Nour pensa à la formation, elle avait loupé le coche, à côté de la plaque elle allait devoir trouver autre chose pour soutenir Lan pendant ce temps, se sentant un peu plus coupable de se retrouver chez lui. Sans pour autant faire remonter à sa mémoire comment elle avait été déconnectée de la réalité. Elle regarda ses papiers d'identité qu'elle avait fait revenir à elle le matin même. Elle avait un nom de famille inscrit, elle l'aimait, cela sonnait bien. En songeant à ce que ce nom indiquait, elle entreprit d'en parler à Lan le soir même.

Nour divaguait sur internet lorsque Lan passa le pas de la porte.

— Bonsoir, murmura celui-ci la tête baissée tout en retirant ses chaussures.

— Hey, prends le temps de rentrer, il faut que je te dise

comment s'est passé aujourd'hui si tu veux bien.

— J'arrive.

Une fois assis tous les deux dans la cuisine, Lan fit un signe de tête lui signifiant de commencer son récit. Elle évoqua la formation, sa candidature en tant que vendeuse, et finit par s'attarder sur le point plus personnel qu'avait soulevé un petit mot sur sa carte d'identité.

— Lan, un nom de famille, j'ai regardé ce que c'était. Je ne me souviens pas d'où se trouve ma famille cela fait tellement longtemps que je n'ai pas dû les voir, peut être m'ont-ils oublié.

Son interlocuteur figé un instant, la rassura.

— Tu as de la famille, tu peux les retrouver je pense. Si tu t'es retrouvée ici c'est qu'ils ne doivent pas être très loin. Si tu as besoin d'aide pour mener ton enquête, essaya Lan pour détendre un peu la discussion qui tenait à cœur Nour, je suis là. Le mieux resterait que tu te retrouves seule, parce que je ne suis qu'un inconnu à l'origine.

Pour accompagner ses mots, Lan s'approcha de Nour et lui offrit une étreinte qui montrait son soutien inconditionnel. Ce geste paraissait étranger pour Lan, il s'en détacha l'air de rien.

Le samedi matin Nour pressée, réveilla un Lan qui aurait pourtant aimé dormir quelques minutes de plus. Parce qu'ils avaient eu la bonne idée de faire leur sac la veille, Lan se changea rapidement, mangea en vitesse et rejoignit Nour déjà prête en bas de l'escalier leurs affaires à la main. Au point de rendez-vous chacun grimpa dans les voitures disponibles et c'est ainsi que Lan se retrouva chauffeur pour Nour, Yohann, et Colas. Entassés, ils chantèrent à tue-tête, faisant rire Lan et entraînant Nour à suivre le rythme. Lan détourna plusieurs fois le regard de la route pour observer ses passagers, deux joyeux idiots mais authentiquement vivant. Il les admirait un peu en un sens.

Lorsqu'à l'arrivée tous se retrouvèrent et retrouvèrent l'océan, la gaieté du groupe retentissait et, pour quiconque pouvait passer près d'eux devenait contagieuse. Alors que certains s'asseyaient et sortaient le grand pique-nique de cette folle, furieuse famille, Nour courra en compagnie d'une ou deux autres personnes mettre les pieds dans l'eau. Ces trois-là plongèrent et très vite Nour recula afin d'avoir toujours pieds, ses deux camarades restèrent à son niveau ne voulant pas la laisser derrière, après tout cela suffisait à profiter.

Quand ceux-là revinrent de leur baignade, Lan avait réussi à se faire une place dans la conversation. Il redevenait celui qui était à l'aise socialement au fur et à mesure que la discussion passait et que les heures défilaient. Tout au long de cette journée il arriva à faire des choses auxquelles il pensait avoir perdu goût et son sang bouillonnait comme il ne l'avait pas ressenti depuis bien longtemps. Il était un enfant insouciant et c'était vraiment la chose la plus plaisante.

Au coucher du soleil, dans leur petit logement pour la nuit, sur la terrasse, les paroles flambaient de toutes parts mais pourtant chacun écoutait les histoires de l'autre. Lan en apprit plus par ce contact humain chaleureux que par des mois d'introspection passés seul chez lui. Finalement, au bout d'un temps, il s'éloigna afin de calmer le stress qui revenait malgré lui, de ne pas être à sa place, de ne pas être assez bien... Yohann s'approcha de lui, gardant d'abord le silence puis lui demandant ce qu'il pensait de cette situation, s'il aimait être ici, entouré. Lan répondit qu'il aimait ce petit groupe, que leur énergie était communicative mais il fit une pause, une longue pause et finit par dire qu'il n'arrivait pas à être à leur hauteur.

— Dis-moi en quoi tu n'es pas à la hauteur pour profiter ? Tout le monde peut profiter, pourquoi toi tu n'y aurais pas le droit ? Pourquoi tu serais différent ? Serais-tu coupable de quoi que ce soit ?

— Ce monde est fou et j'ai l'impression de me noyer, sans pouvoir jamais voir de mes propres yeux l'humain tendre vers sa liberté et celles des autres.

— En nous voyant nous, tu ne te dis pas cela non plus ?

— Je dirais que si, justement vous êtes de ceux qui vivent pleinement qui aiment se laisser porter, mais... quand je me regarde en face je ne vois qu'un de ces moutons qui suit la course du monde, celle qui blesse et détruit. Je participe à un massacre à peine dissimulé, je me sens coupable.

—Tu penses vraiment ce que tu dis ? En t'écoutant je me demande pourquoi tu as perdu foi en l'humain qui sommeille en chacun de nous ? En l'humanité ?

— Car j'ai perdu le sens de ma propre vie. Où réside l'importance de celle-ci, qu'est-ce qui la retient et effraie les Hommes de la mort ? Toute chose a une fin, non ?

— Possèdes-tu encore des sentiments lorsque tu parles comme ça ?

— Tu sais je crois que la solitude a brisé mon corps.

— Tu n'as rien, n'y personne pour qui chaque jour tu te

lèves ? Ne serait-ce que pour toi, pour ce que tu apprécies faire au fil des jours, accomplir ?

— Un travail pour ma survie, une tâche qui a perdu son goût, le petit lycéen que j'étais, pour qui je tente d'avancer et de me réveiller chaque jour.

— Alors relève toi, ne serait-ce que pour toi et défait ta culpabilité que personne ne pourra jamais te retirer. C'est toi qui t'es planté une épine dans le pied en pensant devoir supporter tout le poids et la douleur du monde sur ton dos. La vie te fait souffrir mais c'est parce que tu souffres que tu vis au contraire ! Si tu ne vis pas pour ce lycéen, vis pour ces instants de vie comme celui-ci qui te font sourire, tu n'es pas un super héros qui peut sauver la Terre entière, mais, tes actions, rien que ton aide pour Nour, sont déjà de belles choses. Soit patient et indulgent envers toi-même. Tu imagines un potager s'il ne progressait pas au fil des saisons ? Il ne donnerait rien ou tout serait trop mûr et trop mort rapidement. Chaque plant a ses branches et ses racines qui le distinguent et sans même le savoir permettent de créer quelque chose de formidable. C'est peut-être symbolique mais y croire ne peut pas faire de mal. Je ne suis peut-être pas non plus un sage à qui l'on doit donner de l'attention mais je suis tout comme toi.

L'attention de Lan jusque-là porté sur la dune se tourna vers Yohann.

— Tu n'as pas à avoir peur des autres.

Yohann voyant que Lan n'arrivait pas à le remercier ou à prononcer un quelconque mot, se releva et lui tendit la main pour l'inviter à rejoindre le groupe. Lorsque Nour aperçu Lan encore plongé dans les paroles de Yohann, elle étreignit celui-ci et Lan dû sortir de sa bulle pour apprécier de geste amical et bienveillant qui le détendait. Grâce à cette pause, Lan parvint à s'immiscer dans l'ambiance.

Le lendemain après avoir profité de l'eau une seconde fois. Chacun aida à charger les coffres et monta dans une voiture. Cette fois-ci l'air de la mer avait fait son effet et la plupart s'endormaient, la musique devenait une berceuse. De retour sur le parking de la ville, les uns tentaient de se lever, les yeux encore fermés et d'autres repartaient déjà. Colas avant de partir remercia Lan et Nour, et leur proposa de boire un verre dès qu'ils le souhaitaient. De son côté Yohann rejoignit Lan après Colas et mit simplement un écouteur dans l'oreille de celui-ci : « Si jamais ça ne va pas, fais-moi signe je ne bouge pas »[1]. Les paroles parlaient d'elle-même alors il n'ajouta rien et salua simplement Nour et Lan.

Une fois à l'appartement, Nour se jeta exténuée dans un fauteuil, Lan lui déposait les bagages délicatement, il avait une folle envie de ressortir. Il n'était pas fatigué, au contraire, il bouillonnait de vie et d'énergie, il était parfaitement réveillé comme maître de sa vie à cet instant. Il prit quand même le temps de faire un lait chaud à Nour avant de lui indiquer qu'il sortait. Son gros manteau couvrait ses bras mais son cou devenait glacé au fur et mesure qu'il s'enfonçait dans la ville. Il ne savait pas trop ce qu'il l'avait pris de sortir, ce qu'il faisait là, il aurait pu rebrousser le chemin mais il se serait senti stupide de le faire, il l'aurait probablement regretté. Pour dissiper son esprit, il consultait frénétiquement son téléphone, aucun message, aucun appel, aucune notification quelconque. Alors il marcha, encore, jusqu'à trouver un bar à l'allure chaleureuse dans lequel il pénétra. Il s'assit seul à une table, chose qu'il n'avait plus faîte depuis bien longtemps, gêné de le faire.

Il se mit à observer, il ne savait trop quoi à travers la vitre, mais ça lui plaisait de prendre son temps, pour une fois. Pour une fois, ses actions avaient le dessus sur ses pensées, et, dans le même temps, il autorisait aussi ces dernières à se balader. Sa peur de ne pas vivre correctement avait été relayée au second plan, en fait il réalisait le sens qu'il avait accordé au mot « correctement ». Pour lui, c'était avoir une vie bien rangée, paisible, sous contrôle. Et finalement, qu'est-ce que cela lui apportait jour après jour ? Un sentiment de solitude, de ne pas faire assez, de ne pas être assez, de s'ennuyer dans sa propre vie, et de finir en tant que simple spectateur d'une histoire qui lui déplaisait. Depuis Nour, depuis Yohann, qu'avait-il appris ? A respirer, à laisser les autres choisir sa vie, à s'alléger et à parler un peu, ou du moins qu'il le pouvait autant qu'il pouvait faire dix mille autres choses. Sa vie n'avait pas à être une ligne droite et continue, surtout plus continue, il ne mourrait même pas vieux car son teint aurait déjà pâli bien avant l'âge avancé et son esprit se serait décomposé. Il ressentait des frissons et était excité face à l'imprévu, bien plus conquis par les surprises que ce qu'il pouvait s'organiser et planifier des mois à l'avance. C'était exquis pour lui d'avoir été forcé de prendre des risques en suivant des nouveaux inconnus ! Il était content de lui-même, il n'avait rien fait mais il éprouvait un sentiment d'accomplissement, tout ça parce qu'il avait pu rire et s'amuser comme tout le monde, qu'il avait cessé de se questionner sur tout, que son esprit s'était extirpé de sa torpeur au moins pour un moment.

Il hésita longtemps, que faire : rentrer ou appeler Yohann ?

Finalement, après des minutes à taper nerveusement du pied sous la table, anxieux à l'idée de regretter son action, il se décida à envoyer un message à ce dernier, l'invitant à venir ou non discuter avec lui à tel lieu, après tout, que risquait-il ? Soit il recevait une réponse positive, soit Yohann lui dirait qu'il ne pouvait pas sortir, trop fatigué, occupé, ou simplement par non-envie dont il n'en saurait jamais rien.

Lan se mit alors à observer les gens autour de lui, dans ce bar chacun semblait faire sa vie, ils étaient chacun, alpagués par leur propre récit, construction, qu'ils s'amusaient à écrire et à défiler. Certes, à des moments donnés, une personne plongeait par inadvertance dans le récit d'une autre pour le meilleur ou pour le pire, mais rien ne pouvait être oubliable, inutile, seulement, à chaque chose son échelle et son importance.

C'est lorsque Yohann s'assit à la table de Lan que celui-ci revint sur Terre.

— Désolé, tu étais dans tes pensées je t'ai comme réveillé.

— Mais aucun souci, souri Lan.

— Tu voulais me dire quelque chose en particulier ?

— Non, en fait je tenais à te remercier et j'avais simplement envie de te voir. Ça peut paraître bizarre l'on s'est vu ce matin, quittés ce midi mais...

Lan laissa sa phrase en suspens ne sachant comment expliquer ce souhait de simplement parler avec la personne face à lui.

— Mais... tu avais juste envie de discuter ?

Avec moi, pensa Yohann.

— Oui, disons que c'est cela.

— Alors à quoi pensais-tu avant que j'arrive ?

— Rien de très important. A vrai dire je préfère t'écouter parler.

— Sans ne jamais rien exprimer ou dire avec moi tu n'avanceras pas tu le sais ? Je ne suis pas un saint qui sait tout sur tout, ton avis m'intéresse beaucoup aussi. Avec les autres tu prenais déjà plus part au débat que lorsque tu es seul avec moi, je t'intimide ?

— Non, non, ce n'est pas ça. Seulement, tu peux m'en apprendre bien plus sur les relations humaines ou sur les sensations que tu ne le penses, surtout en comparaison à moi, je n'ai pas d'expérience sur ces points.

— Ce que tu me dis là est ridicule. Désolé d'être aussi franc, mais, tu vis, tout comme moi, tu n'as peut-être pas les mêmes connaissances pourtant je peux t'assurer que tu peux m'apporter autant que ce que je t'apporte. Que tu aies ou non des liens sociaux, tu as tiré des leçons de ces liens, qu'ils existent ou non. Et, cela vaut pour les sensations, tu n'en as pas eu pendant un temps ?

— Je suis comme paralysé non par la peur dont on a parlé la dernière fois, par le manque. Avec vous j'ai revu ce que c'était de partager, grâce à Nour, aux imprévus mes sensations sont forcées de refaire surface.

— Cela te convient ?

— Oui, mais si seulement elles ne pouvaient plus jamais s'évaporer, je serais rassuré.

— Arrête de les contraindre à rester.

— Quoi ?

— Pardon. Laisse-les aller et venir, tu vois bien qu'elles ne sont pas mortes. C'est ton manque d'authenticité qui les brise. Je sais tout ce que je dis est théorique, plus facile à dire qu'à faire, mais tente-le s'il te plaît.

Lan détourna les yeux du regard insistant de Yohann, perplexe.

— S'il te plaît, ne te compare plus non plus à moi.

A ces mots, Lan planta à nouveau ses pupilles dans celles de son interlocuteur.

— Ça ne te sers à rien, absolument à rien. Tu t'enfonces dans ce que tu devrais ou pourrait être. Tu te projettes sur quelqu'un qui n'est même pas toi, et même si ça l'était, il serait futur ou passé et non le Lan présent devant moi. Ne pense plus comme je t'ai déjà dit hier que tu n'as pas ta place dans le monde, que tu ne mérites pas d'être ici, si c'est le cas et que tu ne veux pas lâcher cette idée, alors sois au moins honnête avec toi-même. Si la vie n'a pas d'importance alors vie la du mieux ou le plus pleinement possible car tout finit par passer et s'oublier. Ma vision peut te paraître atroce mais je ne vois pas d'autre argument pour te convaincre que tu existes et que tu devrais vivre comme tu l'entends, comme tu le sens.

— Les autres dans tout ça ?

— Tu y penseras. Tu ne peux de toute façon pas vivre sans. Tu les côtoieras, impacteras leur vie, alors oui pense à eux, et des fois il faudra penser à soi. Ils penseront avec toi aussi de toute manière, c'est comme ça que ce jeu marche.

— Tu accepterais de m'aider ? De me côtoyer souvent et d'entretenir ma parole ?

— C'est une demande surprenante, mais oui, je t'aime bien tu sais.

— Merci. Je t'aime bien aussi se garda pour lui Lan.

Après une heure passé en la compagnie l'un de l'autre, où Yohann avait dévié la conversation sur les passions de Lan, et proposé à ce dernier de venir le voir lors de petits concerts que Yohann faisait avec Colas. Yohann ramena finalement son ami jusqu'à son appartement.

Il en avait appris des choses, vu un Lan plus gai, plus insouciant ou enfantin. Lan aimait les éléphants, majestueux, le bleu, Inception, par-dessus tout il aimait le vent et ses dessins. Il avait par ailleurs promis de montrer à Yohann son travail personnel, ses croquis de paysage et de nature morte. Yohann était ravi, content qu'il lui ait partagé un bout de son intimité, et que Lan ne soit pas une coquille vide comme il pouvait le penser lui-même.

Epuisé, Lan revint de son escapade et réveilla doucement Nour pour manger. Tous deux s'assirent silencieusement face à la baie vitrée, perdus dans les nuages bas. Lan fut le premier à sortir de table, ranger la cuisine, Nour lui laissa le lit et il ne rétorqua pas, il s'endormit.

Les premiers rayons du soleil firent ouvrir les yeux à Nour, Lan était dans la cuisine occupé sur son téléphone.

— Nour.

Celle-ci arrêta son geste et regarda Lan droit dans les yeux, il prit une grande inspiration.

— Je vais t'aider à vivre, à pouvoir vivre par toi-même et pour toi-même, je ne suis pas un grand fan de cette notion de travail, mais, je vais devoir t'aider à être pleinement indépendante. Je sais que dépendre de moi t'embêtes.

— Je vais aussi être une amie dont tu ne sauras plus te passer uniquement que pour sa joie de vivre et non par culpabilité de laisser derrière toi cet agneau blessé.

Lan esquissa un sourire et un rire.

— J'aime bien t'avoir en colocataire, c'est quand même plus simple et plus gaie depuis ton arrivée.

— Tant mieux car ce n'est pas demain que je comptais t'abandonner !

— Je n'aurais pas pu non plus !

Sur ces mots Lan finit sa tasse, prit son sac et serra affectueusement la main de Nour avant de quitter l'appartement. Petit à petit la routine s'était installée, pourtant aujourd'hui elle ne semblait pas peser. Nour faisait de son mieux, Lan aussi. Elle réussit à se débrouiller dans la ville, à trouver de l'entrain dans chacune de ses actions, au début elle courait d'un endroit à un autre sans trop savoir vers quoi elle se dirigeait. Mais le soir, Lan remettait tout en ordre, profitait d'un temps pour sortir. Il était un peu seul, du moins il se sentait seul au bout d'un moment. Yohann n'avait pas de temps à lui accorder, du temps seul à seul, contrairement à ce qu'il aurait cru. Avec Colas et le reste du groupe, ils parvenaient à se voir quand même. Mais même cette nouveauté allait finir par devenir habituelle et plus singulière.

Alors, Lan réfléchissait à ce qui clochait encore. En voyant Nour être formée à son premier job de vendeuse, pourtant qui le rendait lasse, il se dit que son propre job devait avoir un souci. Il n'était plus l'enfant qui s'émerveillait devant sa première tâche accomplie, sa dernière, mais celui qui admirait tout, tout le monde, tout le temps, sauf son travail, ses délais et même ses collègues bienveillants. Pendant des jours et des nuits, entre canapé et lit, il remua toutes sortes de plans pour se soustraire à ses obligations, faire autre chose sans pour autant être sans emploi. Il n'avait pas encore demandé conseil à Yohann, pas encore envoyé un message sur son interrogation se sentant comme stupide de vouloir tout bousculer à nouveau. Il ne savait plus tenir en place. Nour perçue l'hésitation de Lan, et, c'est elle qui fit alors un pas vers Yohann, lui demandant de passer un soir.

III

On frappait. Nour qui s'entraînait à cuisiner indiqua à Lan d'y aller. Ce dernier posa sa tablette et son paysage pour finalement ouvrir à Yohann qui lui offrit un long câlin.

Tous trois se posèrent sur la petite table basse et Yohann prit la parole.

— Nour m'a appelé.

— Je ne voulais pas être celui qui dérange et ne va pas bien à chaque occasion.

— Tu as le droit pourtant, rétorqua Nour.

— Sur le plan social ça va mieux ?

— Oui. Juste, j'aimerais pouvoir vivre en faisant ce qui me plaît.

— Je croyais que tu aimais ce que tu faisais. C'est un métier-passion nous avais-tu dit.

— C'est vrai. Seulement, le bureau... ce n'est pas comme cela je crois que j'envisageais les choses.

— Tu peux changer tu sais ?

— C'est compliqué, si je n'ai pas de revenu je vais seulement ramer.

— Oui, alors te connaissant à quoi as-tu pensé ?

— A tout plaqué, à demander à mon patron un autre type de travail, à je-ne-sais-trop-quoi.

Nour l'observait.

— Nour, je sais que tu as peur de la réalité, est-ce encore le cas ?

— Et toi as-tu encore peur des humains et du manque ?

— Oui.

Yohann était muet comprenant que rien n'avait laissé ces deux-là se trouver au hasard.

— Nour tu as trouvé quelque chose qui t'ancre pourtant dans une réalité maintenant, je ne me trompe pas ? Demanda tout compte fait Yohann.

— J'ai trouvé des gens qui me plaisent, un beau paysage mais je tourne toujours les actualités sur off, je m'épanouis ailleurs. Je ne comprends pas non plus tout de cette vie, mais je crois que devant moi j'ai un beau cas complexe de celle-ci.

Lan sourit en dépit de ce qu'il pouvait ajouter.

— Et si vous voyagiez ?

— Mais et l'argent ?

— Attends, ça peut paraître fou mais comme cela vient de moi disons que c'est une habitude, je travaille ici en tant qu'entraîneur de Taekwondo mais ailleurs je pourrais très bien m'adapter aussi.

— Je viens d'arriver ici, j'aime beaucoup cette ville pas trop loin de la mer, je peine encore à trouver mes marques, exprima Nour, je ne peux pas. La réalité m'effraie et ici c'est un repère comme mon nuage. Je vous parais toujours pleine de bonne humeur et je le suis, mais je ne me sens pas prête à partir. Par contre, Lan si tu le souhaites vas-y je me débrouillerai, Colas, Shirin et le groupe sont ici, je ne serais pas seule.

— J'avais promis de t'aider avec tes peurs.

— J'avais aussi promis de t'aider mais j'en étais incapable.

Nour se leva et sortit de la pièce, elle rejoignit Colas et

une fille nommée Shirin.

— Tu n'as pas à te décider ce soir, simplement, je pense partir de mon côté dans tous les cas, ne pas voir de nouveaux horizons, ne pas rencontrer me paraît impensable, je souhaite emmener ma pratique plus haut et plus loin, car pour l'améliorer il faut bien que je la bouscule un peu.

— Sais-tu que je ne peux me passer de toi aussi longtemps ? Car tu partirais pour des mois, voire des années ?

Yohann hocha la tête puis il resta sans rien dire, attendant que Lan finisse sa réflexion, aille au bout de ce qu'il voulait réellement dire, Lan devait prendre cette décision par lui-même Yohann ne pouvait plus l'influencer davantage.

— J'aurais aimé te contacter avant Nour, te montrer que je tenais à toi, je n'ai pas eu ce courage. Peut-être qu'en t'accompagnant tu verrais à quel point j'ai du courage, à quel point je t'apprécie, à quel point tu n'es pas seulement un ami ou un confident.

Lan manifesta ses sentiments comme s'il se parlait à lui-même. Yohann ne voulait pas bouger, ni exprimer quoi que ce soit il en était incapable là en cet instant. Lan se leva et ouvrit la baie vitrée, il avait trop chaud d'un coup. Des minutes, de longues minutes passèrent, une éternité, et, Yohann finit enfin par déclarer :

— Je ne veux pas non plus laisser derrière moi une histoire inachevée, à peine commencée, intacte.

Il baissait les yeux sur son verre d'eau, jouant à la faire tanguer. Il ne savait où il allait aller en se confiant mais il était, pour chacun d'entre eux, trop tard pour reculer.

— Demande-moi de t'accompagner.

— Non.

Lan se retourna vers Yohann qui se tenait debout à présent.

— Demande le moi.

— Réfléchis-y.

— Tu me l'as proposé en tant qu'ami tout à l'heure et maintenant tu te défiles ?

— Car je ne veux pas te changer ni aller à l'encontre de tes propres envies.

— Ce n'est pas toi qui m'as dit qu'on impactait les vies de chacun et ça qu'importe si on le veut ou non ?

— Voyage si tu ne veux plus dessiner sur demande.

Le silence de Lan força Yohann à continuer.

— Viens avec moi, soupira-t-il alors fatigué.

Lan attendait près de la baie vitrée ouverte, il ravala sa salive. Maintenant qu'il avait clairement entendu la demande de Yohann comment pouvait-il réagir ? Il n'eut pas besoin de le faire, Yohann s'était avancé lui aussi avait la peau brûlante. Il avait retrouvé un peu de sa confiance, assez pour tendre sa main vers la hanche de Lan. Il enroula finalement ses bras autour de lui et posa sa tête sur son épaule. La poitrine de Lan se soulevait irrégulièrement et finit par se détendre, par ralentir.

Celui-ci se retourna afin de pouvoir dévisager Yohann qui ne put résister aux lèvres de Lan. Ils s'embrassèrent un long moment, comme s'ils se retrouvaient.

En rentrant Nour entrevit seulement une forme dans l'unique lit de l'appartement, elle se dirigea alors vers le canapé afin d'y terminer sa nuit.

Au petit matin des murmures venant de la chambre réveillèrent Nour. Yohann sortit le premier et regarda Nour d'un air gêné. Elle lui adressa un regard plein de sous-entendus qui finalement connaissait la réponse.

— Je vais chercher une brioche en guise de dédommagement, plaisanta Yohann.

— Plutôt en guise de festin.

Yohann se gratta la nuque, mit ses chaussures et descendit. Tout doucement, Nour se leva et toqua à la porte derrière laquelle se trouvait Lan.

— Hmm, bafouilla ce dernier en signe d'approbation.

— Me laisserais-tu rentrer ?

— Viens, s'amusa-t-il.

Nour se jeta sur le lit, assise et alerte prête à l'écouter.

— Je ne vais pas te faire les potins.

— Ça me déçoit...

Lan avait un sourire béat sur son visage et Nour ne put s'empêcher de le lui faire remarquer non pas sur un ton moqueur.

— Oui bon ça va, lève plutôt tes fesses qu'on aille prendre le petit-déjeuner. Tu as au moins gagné à manger dans cette affaire.

Cela semblait idiot, mais pour Lan des petits moments aussi simple que ça, des paroles aussi futiles et faciles lui permettaient de sentir qu'il existait, Nour le ressentait aussi. Attablés tous les trois, Yohann proposa de sortir, d'aller se perdre en ville une fois de plus. C'est ce qu'ils firent après avoir appelé Colas et Shirin. Tous marchaient à présent côte à côte avec légèreté.

Des mois passèrent, mois parmi lesquels Yohann se démenait à regarder une cabane où dormir dans leur future région, un club et de nouveaux sports à envisager, à essayer, à apprendre. Lan lui regardait comment il pourrait vivre en dessinant autrement, un métier, une passion alternative, nouvelle et pleine de fraîcheur. D'un coup, d'un seul ils s'étaient engagés dans une nouvelle histoire qui n'en était qu'à ses prémices, qui pourrait s'effondrer en un clin d'œil, mais ils y croyaient si forts car ils ne s'étaient jamais sentis aussi puissants, avec une telle confiance, un vide comblé, une aussi grande foule de sentiments en eux, une chaleur se déversant continuellement en eux.

Pour Nour, Lan prépara les endroits, les papiers, sites où chercher de la famille était possible. Ce qui lui prit toute son énergie fut de trouver les documents nécessaires pour les futures études de Nour. Au travail, il parvint à franchir la porte qui le séparait de son patron et lui déclarer qu'il s'en allait. S'ensuivit un très petit pot de départ, celui avec les amis pleins d'entrain et solennel pour Nour et Lan.

En raison du déménagement lointain, trop lointain, Lan et Yohann avaient fait le choix d'être minimalistes.

— Cela est pour le mieux, on est plus libres, du moins je le ressens comme cela.

— Tu as raison, ce n'est pas ça qui me perturbe c'est le tout, nous, le travail, la nouveauté, c'est comme un nouveau vide que je dois affronter cette fois-ci extérieur à moi-même, quoique je deviens sans attache un temps et cela rend déjà mon cœur un peu nostalgique.

Yohann s'approcha de Lan et prit sa main afin de la caresser pour tenter de l'apaiser.

— Regarde-moi.

Lan ne bougea pas.

— Tu n'es pas seul, je suis peut-être aussi qu'une nouveauté dans ta vie mais je t'accompagne vers ton inconnu, vers le pas que tu as franchi, l'hésitation que tu as surmontée.

Yohann déplia sa main afin de relever le menton de Lan et de croiser son regard.

— Si tu ne l'avais pas fait, serais-tu resté dans un bureau froid toute ta vie, seul, malgré la beauté de la ville, de ton métier, ou de ton appartement, seul tu te serais dénaturé et tu commençais déjà à le faire, à t'oublier dans tes dessins qui n'étaient plus ce que tu souhaitais. Je ne veux plus te voir devenir insensible à en perdre ton âme. C'est pour cela que je veux être à tes côtés, pour t'aider, car tu es quelqu'un de formidable, attentionné, curieux, il est vrai peureux et timide, qui a besoin d'être entouré comme quiconque ici. Sans toi comment Nour aurait-elle fait pour trouver des repères, tu l'as prise avec toi tu ne sais même pas pourquoi, je pense que c'était déjà ton cœur qui criait sa solitude et qui voulait revenir à la vie avant de trépasser définitivement. Je l'ai vu au final, il te restait de l'espoir, tu n'étais pas que rempli de noir dans tes pensées, tu es difficile avec toi même probablement mais pas face aux autres.

Lan pleura en silence, il avait peur mais ne l'avait jamais avoué. Il voulait faire comme tous ces héros être courageux mais cela n'avait rien de contrôlable. C'est alors lui qui prit le visage de Yohann entre ses mains.

— Tu n'as pas intérêt à me lâcher de sitôt.

Yohann se mit à rire, le Lan confiant était un beau et surprenant personnage. En guise de réponse, il l'embrassa.

IV

C'était inattendu, audacieux, inouï. L'avion décollait et je cassais une routine que j'avais connue pendant des années, un chemin tout tracé. J'avais quitté mon job, postulé à l'étranger pour un mi-temps, c'était précaire mais tellement libérateur. Je partais avec un parfait inconnu, rencontré en toute somme quelques mois auparavant. D'une autre part, j'avais le sentiment d'abandonner Nour, je voulais lui enseigner encore un tas de choses, la protéger. Elle ne serait pourtant pas livrée à elle-même Shirin et Colas l'aiderait et, elle n'était pas une enfant il fallait que je garde ça en tête.

Surtout, j'étais anxieux et Yohann qui l'avait perçu posa une main sur ma cuisse puis m'accorda un hochement de tête compréhensif. Alors que Yohann s'endormait sur mon épaule, je ne pus que laisser ma musique défiler et contempler la mer de nuage qui flottait devant mes yeux. Elle me berça et ce n'est finalement que très peu de temps avant l'atterrissage que je me mis à somnoler enfin rassuré peut-être.

Notre cabane était petite mais fonctionnelle, accueillante entre tous ces arbres, cette petite forêt qui nous entourait. Je crois que cela faisait longtemps que je n'avais plus vu la nature aussi verdoyante, aussi sauvage.

Autour et dans une ville tout était toujours domestiqué, créé ou reconstruit, rien de pur ni naturel. Je posais alors à peine mes valises, attrapais un crayon et une feuille pour me mettre à dessiner. Yohann m'appela mais je ne l'entendis pas tout de suite, lorsqu'il vit que j'étais absorbé il se ravisa. C'est seulement à la fin de l'après-midi qu'il me rejoignit sur les marches de notre maisonnette. Il posa simplement un verre d'eau à mes côtés et attendit. Au bout d'un certain temps, voyant que je n'étais pas prêt de finir avant la tombée de la nuit, il se leva et partit en direction du village. Je relevais enfin la tête sur son dos qui s'éloignait et l'ajoutait à mon croquis.

Il m'appela enfin après avoir cuisiné.

— Tu peux venir manger un bout avant d'être affamé ?

Je regardais ma feuille remplie de gribouillis, ne fût pas tout à fait satisfait mais le rejoignit tout de même.

— Je pense que tu as bien fait de m'emmener avec toi.

— Tu en doutais encore ? Je vois bien à quel point le fait de ne plus être dans une ville normée, codifiée ne serait-ce qu'en architecture, en termes de commande de dessins, de contrôle de soi, te fais du bien, ou plutôt j'en prends conscience que c'est cela qui t'effrayait plus que tout, la nature.

— Probablement.

— Voudrais-tu m'accompagner demain au club de sport ? Tu pourras te dégourdir les jambes et apprivoiser les alentours.

— Oui, cela fait un long moment que je n'ai plus marché dans des vallées, fait une randonnée.

— Tu sais je suis content que tu puisses tenter de t'épanouir ici, en redécouvrant les gens et les beaux paysages.

Je lui souris, il n'avait jamais tort sur ce qu'il déclarait ou remarquait.

Le lendemain au réveil, j'avais ces paroles en tête, en boucle, elles tournaient : « C'est comme si d'un coup, j'me r'mettais d'une cuite qui avait duré genre deux ans, c'est long, deux ans »[2] J'essayais de me souvenir de ce que j'avais éprouvé ces dernières années, avec qui j'avais pu partager des choses quand bien même ça aurait été des collègues, mais au bout j'avais été seul. Ça ne m'avait pourtant pas déplu, alors pourquoi j'étais incapable de me souvenir ce que j'avais pu faire ou bien même apprécier, ou, détester. Le vent hurlait dehors, dans le même temps je me prenais une claque monumentale. J'avais comme vieilli trop vite ou bien avait été une poupée de chiffon pendant trop longtemps. J'avais chaud d'un coup, mes paupières commençaient à tomber, j'essayais de me pardonner d'avoir perdu ce temps, tout ce temps. Mes mains tremblaient et ma bouche était pâteuse. Je joignis mes mains comme pour me contenir, la pression, la chaleur, je ressentais mon corps. Je le ressentais par moi-même, pas grâce à Nour ni Yohann.

Mon cerveau se demandait ce qu'était la réalité, de mes rêves, de mes perceptions, impressions, si j'étais une part de ce monde ou juste complètement ailleurs, seul encore. Ma famille m'aurait oubliée même mort. J'angoissais, me recroquevillais dans ce lit bien trop grand pour moi, pour mon être trop petit, pas assez, ou trop ambivalent. Ma respiration était saccadée, j'avais de plus en plus du mal à respirer, je fermais les yeux pour ne plus voir cette vie distorsionnée. Un bourdonnement me prenait la tête.

V

J'allais réveiller Lan quand je le vis en boule paniqué. Il ne fallait pas que je panique non plus, je ne pouvais pas lui communiquer ma peur. Au ralenti, je m'approchais de lui, grimpant sur le lit pour me placer devant lui.

— Lan, tentais-je.

Il ne répondait pas, j'avais sérieusement peur pour lui.

— Lan, je vais prendre tes mains, j'ai besoin que tu les détaches.

De lui-même toute la force qu'il m'était dans celles-ci s'allégea un peu, du moins, assez pour que je puisse tenir ses deux mains dans les miennes.

— Lan, maintenant j'ai besoin que tu me regardes, que tu relèves la tête.

Il ne fit rien. J'avançais prudemment pour tenter de baisser ses genoux sur lesquels étaient posées nos mains. Il n'avait pas la force de résister, il les baissa, lentement.

Ses yeux quant à eux, restaient clos, il les fermait si violemment que tout son visage, surtout sa mâchoire était crispée. Je n'avais qu'une envie : l'envelopper de tout mon corps, je me retenais, je ne savais pas comment Lan pouvait réagir. Je mis ses mains sur ses épaules, ses bras croisés sur son torse. Je tapotais ses mains, une après l'autre[3]. Je savais que cela me calmait petit, peut-être cela fonctionnerait-il sur lui, j'espérais du moins.

— Lan, quand tu seras prêt, relève la tête.

J'attendis alors, plusieurs minutes, des dizaines, qu'il relève la tête et pose ses yeux sur moi. Je soupirais légèrement de soulagement. Son regard me transperçait, j'étais incapable de le déchiffrer. Je sentis ses mains lâcher sous les miennes, ses bras tomber, et ses épaules faire des soubresauts. Il pleurait, toute la tension s'évaporait petit à petit. Je pris alors sa tête pour venir la coller contre mon torse et le serrait autant que je le pouvais. Il finit par se reculer afin de m'adresser un sourire triste et à la fois empli de fatigue. Je ne dis rien, j'attendais son mot, j'attendais qu'il appuie sur le bouton marche de mon corps, que ce temps en suspend se stoppe. Mon regard était fixé sur ses lèvres qui ne bougeaient toujours pas.

— Yohann,

Mon cœur s'emballait pourquoi était-il dans cet état, qu'est-ce qu'il s'était passé ?

— Merci.

J'étais incrédule, pourquoi son expression avait-elle changé si vite, il souriait certes fatiguée par cette crise mais, sincèrement, il semblait content...

— Que-

— Tu m'as redonné une couleur, et ma palette de sentiments s'est complétée un peu plus.

Je ne comprenais pas tout, je finis par me dire que Lan m'expliquerait plus tard et lui offrit un sourire en réponse.

Il m'accompagna alors dans ce nouvel endroit, ce nouveau dojo. Je pris connaissance des lieux, et me mis à observer également des entraînements afin de voir leur manière de faire les choses. Lan lui dessinait les corps en mouvement ou au moins leurs mouvements. Ce qu'il y avait de dépeint sur sa feuille, sa vision des choses s'apparentait à des nuages de fumée, résumant le mouvement du corps à l'âme d'une flamme dansante. Mais cela semblait au moins chaleureux, j'y percevais la vie. A la fin de cette journée d'adaptation, Lan voulut qu'on se dirige vers la ville et ses couleurs. Le soir était différent, la vie nocturne était palpitante, on aurait dit un renouveau de vie, un espoir qui renaît au crépuscule. Lan me tenait par la main, je le regardais. "Il avait le regard brillant de la fièvre ou de la folie"[4]. Je ne savais si je devais m'en inquiéter ou m'en réjouir, j'optais pour la deuxième option puisque celui me tira dans un café fait de boîte de céréales[5]. Enfin il se posa écrivit ce qui l'entourait et me regarda.

— Merci, j'avais l'impression d'être un fantôme, quoique ta poigne était solide.

— Tu es beau.

— Et toi étrangement surprenant, je crois que... c'est pour ça que je suis attaché à toi.

Lan me montra ses plus belles fossettes en guise d'approbation, de réciprocité devrais-je dire. Puis comme pour dissiper ses pensées, celles qui ne pouvaient encore s'avouer, il prit une gorgée de son expresso aux effluves de citrouille. Surprenant était le mot que j'appréciais le plus venant de lui.

— Que veux-tu essayer ensuite ? Finis-je par lui demander.

— Ensuite ? Rigola-t-il. Tout.

A la sortie l'on contempla autour de nous le temps de trouver ce qui nous attirait le plus. Cette fois, je pris sa main et l'emmena plus loin, s'enfonçant dans la foule. Nous nous arrêtâmes à proximité d'un spectacle de danse, et, Lan ne sortit son carnet qu'avant un long instant à profiter d'abord.

J'admirais la fragilité de Lan, ça le rendait humain et complexe bien que celui-ci la détestait probablement. C'était fou de détester l'instabilité qui constituait son humanité. J'étais du genre à courir partout pour éviter de trop réfléchir, ce qui me poussait dans un épuisement extrême. C'était très contradictoire mais après tout est-ce qu'une logique existait vraiment ?

Je repris mes esprits lorsque Lan pencha la tête dans mon champ de vision.

— On continue ? m'interrogea-t-il.

Il y avait tellement de stands de nourriture qu'on finit par avoir vite faim. On en essaya trois ou quatre différents, c'était tellement...réconfortant. Après plusieurs minutes de marche jusqu'à retrouver le sentier retour, je pressais la main de Lan lui signifiant que je m'arrêtais.

— Ne voudrais-tu pas essayer quelque chose contre ton anxiété ?

— Que me proposes-tu ?

— De venir demain matin avant mes classes essayer le taekwondo. Les arts martiaux sont utiles dans le soin, j'ai déjà dû donner des cours dans ce cadre.

— Tu es sur ?

— Oui. Si tu veux bien.

Les lèvres de Lan bougèrent pour m'adresser un "ok" silencieux.

Le lendemain matin nous étions fatigués mais nous nous forçâmes à nous lever. Une fois au dojo, je tendis un Kimono Dobok[6] à Lan. Lorsqu'il fut l'heure pour moi de stopper la séance, Lan était en sueur mais semblait ravi. Son visage affichait un large sourire d'enfant, ses coups de pieds semblaient être source de distraction et de relâchement. J'étais un peu fier de pouvoir lui partager ma pratique et qu'il prenne du plaisir à extérioriser ses boules d'émotions, son vécu.

— J'ai l'impression que tu voles, remarqua-t-il.

— J'en ai la sensation aussi. Je pense que c'est ce que j'aime ouvrir mes horizons cela jusque dans mon sport.

Il me fit un clin d'œil et disparut afin que je finisse mes préparations de cours à venir.

Ma journée fut longue mais intéressante. En franchissant la porte, Lan paru surexcité.

— Ça a été ?

— Dis-moi d'abord, tu ne vas pas pouvoir te retenir au vu de ta mine enjouée.

— C'est pas faux. Alors par où commencer ? Après t'avoir quitté, j'ai arpenté les ruelles pavées et trouvé un café multigénérationnel à la sortie du village. J'ai hésité longtemps et j'ai fini par faire demi-tour pour aller voir. Il y avait deux dames d'un certain âge assises à discuter et rigoler. Leurs rires étaient communicatifs, ça changeait, elles rayonnaient. Il y avait également un autre monsieur à côté. Avant de me diriger vers lui, j'ai simplement demandé au propriétaire comment fonctionnait le café. En fait, il y a des cours de langues, des jeux, de l'aide aux papiers entre étrangers, anciens et locaux. J'aime beaucoup l'idée alors je suis resté. Je me suis assis à côté du vieux monsieur, il m'a souri et on a fini par discuter trois bonnes heures. Il m'a parlé de son pays natal, ça m'a donné envie d'y aller. Il m'a écouté parler de toi, puis on a dérivé sur le marché nocturne. On a échangé nos adresses, il m'a dit qu'il était souvent au café j'y retournerais souvent je pense.

— Prend le temps de respirer, le coupais-je.

— Oui, Lan réfléchit à la suite de son récit et reprit. Je me suis fait la réflexion que mêler nature et histoires de vie serait une bonne chose. Le tout en dessin je n'ai pas envie d'écrire comme ça a été déjà fait, de faire de grandes œuvres exposées. Quelque chose de simple pour lui, sa famille. Qu'est-ce que tu en penses ?

— Que mon avis n'a pas à jouer, tu dois d'abord essayer, mais... C'est une idée sympa.

— Donc ton avis ne comptait pas ?

— Me taquine pas comme ça, souris-je tout en mimant un air désespéré.

Au fur à mesure que les jours passaient, j'étais témoin de l'engouement de Lan. Je le voyais reprendre des couleurs même si tout n'était pas rose. Il pouvait se réveiller en panique suite à une paralysie du sommeil. Me demander si ce qu'il me racontait était bien un rêve ou un souvenir qui avait ressurgi. Car oui, Lan avait pris l'habitude de me raconter ses rêves au petit déjeuner (et c'était passionnant), mais la vérité était qu'il avait commencé par ne plus savoir si l'image que lui procurait telle ou telle chose était un souvenir ou un produit de son imagination. Alors au début il me rapportait ses rêves, puis, il se mit à les écrire en même temps qu'il me les contait. Parfois, je dois avouer qu'ils étaient effrayants ou trop réalistes. Mais sa démarche était intéressante, et cela le soulageait.

Des semaines avaient passées, Lan avait tenté de ne pas s'enfermer dans une routine mais, finalement il avait besoin d'avoir certaines activités récurrentes pour ne pas se perdre, surtout lui qui n'était pas sorti d'affaire et, voir, même au mieux de sa forme ne pourrait être qualifié comme étant stable psychiquement. Je me désolais de ne pas savoir ce qui s'était passé plus jeune pour qu'il soit comme tel aujourd'hui. Je n'aurais voulu le changer pour rien, mais étant donné sa souffrance je ne pouvais pas non plus fermer les yeux sur son histoire.

Un soir, je rentrais du travail, je le vis sortir de la douche, l'atmosphère était étonnamment chaude. En le regardant, il était rouge, son corps semblait brûlant. Lui était un peu dans les vapes.

— Ça va ? l'interpellais-je.

— Oui, affirma-t-il dans un sursaut.

Je lui touchais l'avant-bras pour vérifier ma suspicion.

— Tu es plus que bouillant, on dirait que tu as essayé de te brûler.

— Je me suis juste lavé, fit-il d'un air détaché.

Je me dirigeais vers la salle de bain, le thermostat était tourné sur au 45°. Je le rattrapais au vol alors qu'il s'éloignait.

— Arrête.

— Quoi ?

— Tu as des plaques rouges vives partout.

Je le tirais vers le canapé. Il se murait dans le silence.

— Pourquoi t'abîmes-tu le corps de cette façon ?

— C'est mon habitude.

— Lan je t'en supplie j'ai besoin que cette fois-ci tu me dises ce que ton corps as-pu te fait pour que tu lui infliges cette douleur.

J'aperçus sa mâchoire se crisper, son corps se tendre. J'attendis un long moment et le relançais.

— S'il te plaît.

— Je ne peux écouter mon corps, je-je n'arrive pas à me souvenir de tout. Ma seule sensation est qu'il est vulgaire, impur.

Lan fit une pause et son débit accéléra.

— Pourtant, ce n'était que des insultes d'enfants, ce n'est rien comparé à d'autres, je ne peux même pas en vouloir aux gens.

— On t'as insulté ? Dans quel sens ?

— Ils rigolaient seulement, pourtant je crois que ça m'a touché. Ils n'étaient pas sérieux. Une année durant à me traiter de "Salaud" sous toutes les formes indirectes possibles. C'était mon corps et ma naïveté à leurs yeux, leur jeu. L'année d'après, c'était à peine caché. Je les ai entendu dire à d'autres gens qui étaient là juste, que j'étais abject, une "ordure".

Je ne voulus pas demander à Lan l'explication, les faits suffisaient ou plutôt son ressenti, comment il avait vécu la situation était ce qui importait.

— Je donnerais tout pour changer le passé. Je n'ai plus pu faire quoi que ce soit ou me voir comme j'étais, rester devant un miroir était synonyme de torture. Mes parents, mon frère, jamais ils ne m'auraient aidé, pour eux j'étais déjà rayé de leurs vies, comme trop compliqué.

J'étais déconcerté, j'avais fait ressurgir toute cette histoire mais je ne savais comment l'aider, que lui dire là à l'instant. Tout ce que je trouvais à faire était de prendre ses mains pour les poser, comme la dernière fois, chacune sur l'épaule opposée et taper légèrement ses doigts, une main après l'autre. Il me regarda à peine, fixant ses pieds. Je sentis son corps lâcher prise petit à petit sous mes mains. Puis, la tension de ses jambes, raides, se délier. Doucement, on s'assit tous les deux au sol, moi toujours derrière lui et toute sa chaleur. On resta là un bon moment. Je voulais être sûr qu'il serait prêt à se lever, je voulais lui laisser le temps de me signifier qu'il pouvait. Il le fit, prenant mes mains de ses épaules pour les enserrer autour de sa taille. Je posais lentement ma tête sur son épaule à présent libre, il laissa alors la sienne se poser un peu sur la mienne.

— Est-ce qu'on devrait se lever, l'interrogeais-je finalement.

Lan ne répondit pas mais se leva en me tirant simplement.

— Je devrais peut-être essayer de retourner dans l'eau, déclara-t-il soudainement.

— Pourquoi ?

— J'ai longtemps détesté les plages, les regards ou non, l'eau, nager pour aller nulle part je n'y arrive pas ne pas avoir de but mais, avec du recul lorsque seul je panique, je vais toujours sous la douche pour que l'eau coule sur ma peau, j'aime cette sensation quand je sors les yeux fatigués mais nouveau.

— Je pourrais t'accompagner si tu le souhaites, sans parler de nager juste d'aller dans l'eau.

— Nour m'avait accompagnée, enfin plutôt l'inverse.

— Tu avais réussi ?

— Je n'avais pas eu le choix pour la sortir de là, alors je me dis qu'avec toi ça devrait le faire, dit-il en m'accordant un sourire.

— On essayera.

VI

Nour, elle, perdit ses repères ou plutôt son repère. Même si Colas et Shirin tentèrent de l'aider ce fut vain, elle courut après le temps. Sa journée se passait dans la boutique, et, le soir, elle parvenait à quémander des formations et tenter de boucler son dossier pour une formation qui possédait une rentrée tardive. Ces longues démarches épuisantes lui permettaient de se noyer dans sa propre vie, de ne pas se rappeler, de ne pas se demander pourquoi elle était tombée. Elle était rythmée par son travail, sa cuisine personnelle également, son sommeil et depuis peu les jeux vidéo seule activité de « repos » enfin dans laquelle elle avait l'impression de faire quelque chose de sa journée. Colas et Shirin étaient pris eux aussi alors elle ne sortait plus vraiment connaissant peu de monde ou quasiment personne. Au bout de quelques mois, elle était épuisée, son corps lui criait de se reposer, prendre soin de son mental, de parler réellement aux gens, à quelqu'un, n'importe qui.

Elle se mit alors en tête d'écrire à Lan non pas un message instantané qui se consumerait en quelques heures, mais une lettre lui racontant plus de détails, comme au début lorsqu'elle lui posait un tas de question et que lui, tout aussi perdu, essayait malgré tout de donner un à peu près de la réalité, d'une sensation ou d'un sentiment qu'il percevait.

"Vendredi 5 juillet   De Nour

Salut Lan,

J'espère que tes premiers mois se sont bien passés. Tu m'as certes tenue au courant au début mais cela doit tellement être vertigineux pour toi qu'aujourd'hui tu as dû oublier de m'envoyer des messages. Je ne t'en veux pas c'est normal.

Enfin, je travaille beaucoup, je me perds un peu en chemin mais je ne sais pas vers qui me tourner. Tu penses que si je me repose une journée sans sortir juste à explorer mes idées, explorer les musiques et les films, je serais productive, je verrais tout ce qu'il y a à voir. Je ne perdrais aucun temps de vie.

Je suis désolé de te lancer tout ça quand bien même je ne t'ai même pas demandé si tu allais mieux finalement.

Fais-moi signe, si tu es disponible j'ai plein de questions à te poser, encore et encore. Ta tête me manque un peu.

Bisous Nour. "

Elle avait eu espoir de lui écrire un roman dans cette lettre mais le courage était passé après la culpabilité de tout lui balancer à la figure d'un coup. Non, elle avait le temps. Peut-être ce week-end Shirin et Colas étaient-ils disponibles, elle l'espérait plus que tout, deux semaines sans les voir sans parler même de choses futiles, de suivre les conseils cinématographiques de Colas et ceux littéraire de Shirin ça devenait long, du moins pour elle. Elle se demandait si elle n'était pas un poids pour eux, trop demandeuse, attachés à eux car c'était les seuls avec qui elle avait envie de partager des choses. Ses collègues n'étaient pas le rêve. Elle avait assisté à plusieurs disputes et, à chaque fois elle fuyait dans l'arrière-boutique chercher un produit inexistant pour un client imaginaire. Son chef lui avait reproché une fois ce petit jeu, c'était à ce moment où il lui reprochait parfois d'être trop discrète qu'elle était devenue tremblante, pris un verre d'eau, mais c'était le verre de trop puisque cela avait énervé un peu plus son chef qu'elle feigne de l'écouter. Sa voix l'avait effrayée et elle avait bouché ses oreilles et était sortie du magasin. Elle ne peut pas dire qu'elle n'était jamais revenue si ce n'est pour poser sa lettre de démission à une heure où elle savait le patron absent. En repensant à cette affaire, elle réalisa qu'elle avait besoin de se confier.

Elle se mit alors à envoyer un message à ses deux acolytes. Leur réponse fut rapide et positive. En attendant demain midi elle se dit qu'elle pouvait encore aller se promener. C'était l'été, il y avait cette chaleur de la nuit, cette caresse d'un léger vent nous rendant vulnérable et, le monde, le bruit sorti d'on ne sait où.

Le samedi elle se rendit au café habituel « L'angle » Ses deux amis étaient déjà là. Elle s'assit à leur côté après une étreinte comme soulagement. Elle perçue que chacun était vivement prêt à la rassurer, finalement peut- être se sentaient-ils plus proches d'elle qu'elle ne le pensait. Colas lui fit signe qu'ils n'attendaient plus qu'elle commence son histoire. Alors, Nour s'éparpilla dans sa réflexion mais se livra, elle leur expliqua aussi sa rencontre avec Lan, leur raconta des choses qui lui semblaient sottes. Elle se documentait beaucoup pendant son temps libre mais cela la rendait malade. La veille elle était tombée sur un mini-reportage à propos d'un pays où une société voulait s'implanter consommant des milliers de litres d'eau alors que le pays était dans la sécheresse et que les jours suivant, les habitants n'auraient même plus d'eau potable[7]. Elle se demandait comment et quand les autres gens allaient pouvoir se faire entendre sur quelque chose qui lui paraissait inhumain de faire, elle ne comprenait même pas comme on pouvait en arriver là. Cela faisait appel au bon sens humain pour elle. Après ce reportage, elle avait passé la soirée à tenter de positiver en regardant ce qui avait marché, elle commença un livre pour se changer les idées, mais rien n'y faisait, elle avait alors tenté de dormir en vain. Elle s'était donc levée et avait cherché quelque chose pour l'épuiser, les traces de cette nuit difficile se voyait un peu sur son visage.

— Tu as réussi à dormir un peu ?

— Oui quand même. D'ailleurs merci de m'avoir écouté, vous comptez pour moi, parvint-elle à ajouter.

— En tout cas pour ce job, tant mieux que tu ais laissé tomber. Ce traitement n'était pas normal de toute façon. Aussi tu as le droit de ne pas supporter le conflit, celui-ci n'était pas très constructif de toute manière, au besoin, j'ai une proposition ridicule, hésita Colas.

— Dis toujours ?

— On pourrait s'entraîner à s'engueuler ou au moins toi à rétorquer.

— Il va falloir boire un ou deux verres d'alcool avant de pouvoir, je pense, rigola poliment Shirin, mais ça peut aider, je n'en sais rien.

—Pour les catastrophes je ne peux rien dire. J'ai tellement repoussé cela que j'évite presque les informations, je ne me tiens à jour que des grosses informations. Ce n'est pas très bien non plus pour moi mais, je préfère ça que de remettre en cause toute mon existence. C'est très égoïste je sais. Après sur de bons sites, de bons journaux scientifiques peut être que tu aurais des pistes et puis déjà tu as su regarder le positif aussi, ajouta Colas.

— Niveau travail, reprit Shirin, la cuisine serait toujours ta piste de sortie ?

— J'envisage maintenant la cuisine comme passion, ce n'est plus vraiment ce que je veux faire, j'ai déjà jeté un coup d'œil aux possibilités dans la technologie. Sinon pour me détendre j'ai commencé un très bon jeu vidéo, Alvalonie[8].

— J'y joue aussi on pourra se retrouver dessus à l'occasion, hésita Colas qui se savait glisser facilement, trop facilement dans le jeu pour se couper du monde extérieur.

La discussion continua sur des sujets frivoles. Shirin commença à fatiguer et laissait ses barrières tombées. Nour et Colas avaient attendu qu'elle prenne la parole, elle semblait stressée faisant une moue contrite. Colas s'arrêta dans leur conversation et posa une main rassurante sur le dos de son amie. Shirin reprit petit à petit ses esprits et se confia.

— Je ne sais pas ce qui m'arrive. Je suis pâteuse, comme si ma vie m'échappait par moment. Je ne suis pas courageuse.

— Il y a autre chose n'est-ce pas ?

— Ce n'est pas grave.

— Tant qu'on est lancé, tu peux te confier.

— Je ne comprends pas mes ressentis. Je n'ai jamais réussi à m'engager dans une relation amoureuse. Je me lasse, c'est atroce à dire mais c'est le cas. Je ne suis pas assez prise par mes sentiments, je m'inquiète plus à propos de mes amis, de vous et préfère être avec vous que la personne. Il y a trois semaines, j'ai vu un de mes amis les plus proches : Priam. Récemment je m'inquiète plus pour lui qu'avant. Je me suis rendue sur son lieu de travail pour l'attendre, il pleuvait énormément, il avait un peu de chance, il travaillait le métal, c'était couvert. J'ai attendu à l'entrée de la boutique-métallurgie. On a quand même fini par marcher sous la pluie jusqu'à temps de trouver un café pas trop plein. On était tous les deux très calmes, là où d'habitude il raconte plein de choses sans que j'aie besoin de le lui demander. Finalement une fois assis, il m'a raconté plein de faits divers que je ne suis que grâce à lui, il a plein d'infos et il est passionné par ce qu'il raconte ça fait du bien. Ce qui m'a fait bizarre c'est que lorsque l'on parlait j'étais plus proche, avancée de lui ou simplement j'ai ressenti l'air entre nous deux bien plus violemment que d'habitude. A côté de nous ça n'aidait pas ; il y avait un rencard et des amies qui devaient probablement rire de ces deux rencards côte à côte quand bien même ça n'en était pas un. On avait tous les deux nos mains sur la table et un instant durant j'ai cru le voir hésiter à attraper la mienne. Cet ami, Priam, j'avais entendu il y a deux ans qu'il m'aimait bien, mais avec tout ce temps passé je n'en suis plus sûre, c'est normal après tout. Sauf que c'est aujourd'hui que ça me perturbe alors qu'avant je ne pouvais rien y faire, je n'étais de toute façon pas assez forte pour pouvoir porter ses casseroles en plus des miennes.

Shirin s'arrêta enfin dans son récit plus que détaillé. Colas et Nour digérèrent toutes ces informations. Et Colas fit une bonne remarque.

— C'est depuis que tu ne l'as plus vu que tu es plus mal en point, je me trompe ?

Shirin se réveilla un peu et resta perplexe, le sourcil

arqué vers Colas.

— Peut-être. Je ne verrais pas pourquoi ça a pu jouer, comment une personne à elle seule me rendrait si mal ?

— En tout cas, revoit le. Il n'y a que de cette façon que tu seras fixée sur ce que tu ressens, que tu avanceras du moins, conseilla Nour.

Shirin s'obligea à laisser passer une semaine ou deux et à revoir son ami. Elle tenait à lui mais ne pouvait s'empêcher de penser qu'elle ne pouvait que reculer face à lui, qu'elle ne pouvait pas se pointer maintenant pour réduire leur proximité.

Elle arriva en ville un peu déboussolée, elle prit du temps pour se rapprocher de l'eau et se perdre un peu. Le château et toutes ses arches lui paraissait plus majestueux encore qu'avant, elle avait la sensation d'avoir vieilli d'un coup, rendant difficile le simple et les grands bâtiments devenus chargés d'histoire comme elle. Elle s'arrêta pile en face du château, il avait des vitraux de milles couleurs, des pierres qui semblaient toutes d'époques différentes, tout se mélangeait et son esprit s'égarait. En entendant le tramway crier elle se mit à continuer sa route toujours à se demander comment la nature ou bien l'architecture pouvaient être sentimentales, elle était attachée à ce qu'elle avait sous les pieds et, qu'importe ce que c'était, finalement, s'était attaché à elle aussi, comme des racines à la terre.

Assise près de l'eau, dévisagée par les passants ou les enfants de par sa petite originalité vestimentaire, elle s'imaginait dans la peau des animaux. C'étaient des discussions comme cela, imaginatives, tordues, profondes, philosophiques ou superficielles qu'elle voulait et pouvait avoir avec Priam. Celui-ci arriva à grandes enjambées sans que Shirin ne l'ai vu. Il déposa ses mains d'un coup sur ses épaules afin de l'effrayer.

— Imbécile !

— Désolé, d'avoir perturbé madame dans ses rêveries, dit-il non sans cacher la joie prise à faire peur à son amie.

— Je me demandais justement, énonça-t-elle alors que Priam s'assit à ses côtés, si tu pouvais être un poisson, tu serais quoi ?

— Sans introduction aujourd'hui, la charia-t-il, un espadon, répondit-il tout de même du tac au tac, c'est plutôt classe je trouve et, plutôt rapide. Et toi ?

— Une baleine, certes tu vas me rétorquer que ce n'est pas un poisson etc, mais en tant qu'animal sous-marin je voudrais être une baleine.

— Pourquoi ?

— C'est majestueux, lent, et elle a peu de prédateurs si ce n'est l'Homme, et puis, je ne sais pas, j'aime bien.

Shirin patienta un instant suivant l'eau de ses pieds avant de continuer son interrogatoire qui lui brûlait les lèvres.

— Comme oiseau, tu voudrais être quoi ?

— Un aigle probablement, c'est assez gros, et toi ?

— J'aimerais voler comme un faucon je pense. Petite j'étais allée les voir voler et c'était vraiment haut en couleur, de leurs plumes à la performance. Je sais bien que ce n'est pas fait pour être dressés mais en tout cas ça m'a marquée.

Cette fois-ci Priam qui avait lu les pensées de Shirin posa la question suivante.

— Et, maintenant, en animal terrestre ?

— Hum, c'est plus compliqué. Un chat c'est bien mais banal. Un singe ça se faufile partout mais un ours polaire c'est magnifique. Et toi ?

— Pas de réponse précise donc. Je dirais un lézard, ça vit depuis un paquet d'années, je pourrais peut-être apprendre une ou deux choses sur l'histoire et surtout depuis ton point de vue, près du sol.

— C'est tout toi, mais je te déteste toujours, rétorqua Shirin, une moue boudeuse mais habituée à ce genre de taquineries.

Elle prit un temps qui lui parut se compter en minutes avant de parvenir à dire le fond de sa pensée.

— Tu sais je suis désolée. Je t'ai longtemps tenu à l'écart car je voulais garder intacte notre relation ce qui a un temps, contribué à la dégrader. J'avais peur alors je n'ai rien fait. Si je parlais je pensais casser le tout un peu plus, mais, j'apprends petit à petit à communiquer.

Priam eut un sourire, ce qui rassura Shirin qui continua ses excuses.

— Tu es bien plus important que tu ne le crois pour moi, j'ai souvent envie de te voir, te parler, être à tes côtés, à t'écouter car tu es tellement curieux et intéressant à entendre. Tu es une des seules personnes à côté de qui je peux me taire, à côté de qui je suis à l'aise dans le silence. J'ai tellement craint le regard des autres que je t'ai repoussé, c'est stupide, j'avais déjà honte de moi-même et ta confiance en toi me faisait honte alors que, finalement, tu étais juste la personne la plus drôle à mes yeux, la plus flokorique je dois dire. Tu m'as toujours soutenue, tu m'as toujours aidé à retrouver mon chemin, je ne le voyais pas, tu me regardais telle que j'étais quand bien même j'essayais d'être quelqu'un d'autre. Lorsqu'on avait nos discussions à propos de tes parents et mon passé, tu n'as pas commenté, et venant de toi j'ai su que tu voulais bien faire que tout cela n'était pas de l'indifférence. Lorsque l'on a nos discussions sur le monde, ou sur toi, tu dis les pires choses sur toi, j'ai tellement eu envie et je garde toujours cela, de t'aider à avoir de l'espoir dans les gens pour te voir aussi mieux, t'estimer mieux toi-même, toi le premier.

Priam ne savait quoi répondre. Son interlocutrice baissait les yeux, lui les gardait fixes dans le vide, sur l'eau. Il ne pensait pas que dans la tête de Shirin il avait pu se passer tout cela, qu'elle avait pu si bien anticiper le futur qu'elle avait fui le présent. Il lui prit la main et déclara :

— Maintenant tout est bon, je t'ai pardonné depuis le temps. Et, je ne sais pas si tu parviendras à changer cet aspect de moi pas très glorieux un jour, mais ne me cours pas après si tu souhaites à tout prix ne voir que celui-ci, et, te connaissant ce n'est pas ça que tu apprécies chez moi

— Non. Je ne veux juste pas que tu te détruises à petit feu. Parce que tu caches bien ton jeu.

Priam enveloppa les épaules de Shirin afin de la rapprocher de lui.

— Enfin, maintenant c'est bon, ça va, fit-il d'une voix douce.

Plusieurs minutes passèrent où chacun profita de la chaleur de l'autre, de la présence de quelqu'un à leurs côtés.

— La musique, certaines me faisaient véritablement pleurer.

— Moi aussi, Priam marqua une pause et reprit, écrire de la musique a été difficile un moment, parce que je t'imaginais dedans. Mon cerveau voulait s'en défaire, mon corps non.

— J'imaginais tes mains bouger sur les cordes de la basse, ta tête se balancer gentiment et tes lèvres se serrer comme lorsque tu jouais devant les autres. Puis, à la fin de chaque morceau tu avais cette expression joviale, je tuerais pour la revoir.

— Laquelle ? rougit Priam.

— Une expression qui disait j'ai réussi, qui nous saluait, car, tu étais fier de jouer telle musique devant nous et, je voyais ton corps se pencher comme pour me dire, j'aimerais te serrer dans mes bras, là, tout de suite.

Shirin sentait son cœur battre fort, elle n'avait jamais ressenti un tel stress, jamais à cause de sentiments, ses sentiments n'étaient pas impliqués lorsqu'il s'agissait de perdre quelqu'un aussi cruel que cela puisse paraître. Seulement, il lui avait manqué, son regard qui la perdait, sa grande taille par laquelle elle se sentait en sécurité, son sourire qui lui avait paru innocent au début de leur amitié.

— J'ai eu un long problème, ajouta-t-elle. Souvent, et c'est ce pourquoi j'ai couru dans le sens opposé d'où tu te trouvais. J'idéalisais les relations amoureuses, je ne suis pas forcément encore douée pour discerner réalité et fiction. Je vis certes comme je l'entends mais je dois avouer que je suis en fait une grande romantique.

— J'ai remarqué. J'ai remarqué que tu paraissais dure en amour et pourtant joviale avec tout le monde, alors qu'au fond tu étais juste blessée et tu étais une enfant qui voulait l'amour des autres, leur approbation. Une fois donnée, tu partais et devenais un mur, tu m'esquivais aussi. Parce que tu étais devenue un peu quelqu'un d'autre et que ce rôle était devenu trop dur à jouer, ou, je ne sais pas si j'ai raison, mais, tu es pudique dans tes sentiments, tellement qu'effectivement communiquer avec toi n'est pas toujours facile. Je veux dire, avoir le fond de ta pensée, ce que tu souhaites vraiment, savoir si tu es gênée ou non, lorsque tu paniques ou lorsque tu es vraiment excitée pour quelque chose.

— Je suis désolée, je ne peux promettre de ne plus l'être, ce serait mentir et je suis mauvaise à ça.

— Non, tu sais mentir pour protéger ton intimité justement et ne pas entrer dans un conflit. Tu les évites toujours et finit par détester la personne avec laquelle tu as failli t'être disputer.

Shirin leva la tête, ses yeux posés sur le haut des buildings, elle se mit à pleurer un peu.

— Tu as le droit d'être fatiguée, de pleurer même s'il y a des gens autour. Dis-le : "Je suis fatiguée".

— Je le suis.

Priam tenait toujours sa main, il ne pouvait avancer son corps pour la prendre dans ses bras car Shirin détestait ça par-dessus tout. Dans ces moments de fragilités, autant attendre qu'elle vienne à vous. Elle finira par le faire, il le devinait.

Shirin eu un frisson que Priam perçut, il l'a réveilla alors qu'elle somnolait à peine.

— Rentrons, je te dépose chez toi.

— Je pourrais rentrer seule, j'habite en ville maintenant tu sais.

Tous deux se relevèrent, c'est à cet instant que Shirin choisit de s'approcher pour entourer le torse de Priam de ses bras. Celui-ci répondit par un soupir de soulagement.

Il déposa Shirin au bus et repartit de son côté dans son frêle appartement.

VII

Nour n'avait pas eu de nouvelles ni de Shirin ni de Colas. Elle finit alors par envoyer le premier message, elle avait aussi une nouvelle à annoncer. Ils se retrouvèrent le week-end suivant au café. Nour voulut interroger Shirin mais elle lui fit un geste de la main signifiant que c'était à elle de commencer.

— J'ai eu ma formation.

— Oh, finalement quel en est l'intitulé ? s'enquit Colas.

— Conception et programmation. Quelque chose d'assez basique.

— Aucun pep's ces écoles dis donc, surjoua Colas. Mais bien joué, tu nous cachais un dossier scolaire béton finalement.

Nour se revit, quelques mois plus tôt, à envoyer des mails à son ancien lycée retrouvé sur le net après avoir retrouvé son propre profil Facebook en tapant son nom sur la barre d'un moteur de recherche. Elle avait vu ses contacts, sa famille, d'anciens amis probablement dans sa liste. Elle n'en avait rien fait pour l'instant, elle devait le faire cette semaine, leur dire qu'elle était revenue.

Colas déporta son regard vers la deuxième intéressée de la soirée, Nour suivit en un éclair.

— Ok, ok c'est à mon tour. J'ai un invité que vous vous devez de rencontrer, il arrivera un peu plus tard. Shirin fit une longue pause et reprit, Colas ? A toi, tu ne nous as pas dit grand-chose ces derniers temps, tu vas bien ?

— Evidemment ! ria Colas.

Mais son amie cerna tout de suite du cynisme et une gêne dans la façon de bouger de Colas.

— Et sinon, sérieusement ça donne quoi ?

— Tu n'es pas obligé de nous en parler, juste reconnaît quand ça ne va pas.

Colas souffla, se gratta les mains, se mordit la gencive.

— Depuis qu'on a eu cette conversation avec toi Shirin la dernière fois mon cerveau a fait des bonds.

Il fit une pause.

— Je me suis rendu compte que j'avais le droit de ne pas

aller cent pour cent bien, que j'étais légitime.

— Que se passe-t-il dans l'esprit et le corps de Colas ?

— J'ai l'impression de me contenir, tout le temps. Il n'y a qu'avec vous où ça ne me le faisait pas et maintenant je ne me sens même plus en possibilité de m'exprimer réellement. Tout ce que je veux dire me paraît futile, stupide alors j'aime écouter. J'ai envie de crier, de danser en pleine rue, de m'habiller n'importe comment, parce que c'est comme si tout ça s'était éteint par les codes, par l'apprentissage mais qu'aujourd'hui ça me fatigue. Je n'ai plus envie de prendre des gants pour dire aux cons de mon entreprises qu'ils sont inefficaces, qu'ils tournent en rond à paraître gentils, parfaits et me font sentir fêlé de ne pas être comme eux alors qu'ils se crachent tous dessus quand un tel n'est pas là. C'est comme si... d'extérieur leur dignité était intacte et que moi je jouais avec la mienne, alors, alors que ce sont eux, les mêmes qui ne respectent pas au commencement celle de l'autre et détruisent la leur par les mêmes insultes, comportements.

Nour et Shirin étaient loin de s'attendre à cela. Elles étaient béates, que rétorquer ?

Shirin avait eu un pincement en voyant son ami proche

en avoir autant sur le cœur, elle n'avait pas été assez présente pour lui demander si tout allait. Tout le monde percevait Colas comme un faiseur d'ambiance, toujours joyeux, et n'ayant pas les pieds sur terre à faire passer "le fun" avant les responsabilités. Il était finalement un adulte qui n'avait pas eu le temps d'être un enfant, c'était aujourd'hui qu'il voyait la vie comme un jeu. Shirin pensait profondément qu'elle souhaitait l'accompagner et que cette part de Colas était précieuse.

C'est après ce monologue, que Priam choisit de faire son apparition. Il vit une table silencieuse et s'arrêta au milieu de la pièce, hésitant. Shirin le vit lui faire signe demandant la permission de les rejoindre, elle voulut lui répondre mais Colas se tourna vers l'invité et lui afficha un sourire radieux. Il changeait d'attitude si vite par pudeur, par défense, montrer ses émotions savait que ça le ferait déborder. Priam prit place à côté de son repère.

— Content de te rencontrer ! "Enfin" devrais-je ajouter, énonça Colas.

— Elle a tant fait de grabuge que ça sur ma personne ? Blagua Priam.

Shirin lui fit une moue boudeuse en relevant un côté de ses lèvres comme elle savait le faire. Priam se pinça les lèvres en accordant un haussement de sourcils rieur à Colas.

La conversation reprit de ses couleurs, Priam se voulant dynamique par peur que son arrivée soit mal tombée, à défaut il ferait rire les autres. Lorsqu'ils quittèrent le bar, Shirin s'excusa deux secondes le temps d'aller voir Colas.

— Hé ! l'interpella-t-elle. Ne pars pas comme ça.

Colas s'avança vers son interlocutrice.

— Si tu es disponible, on se revoit demain avec Nour, elle est d'accord aussi.

— Oubliez, je sais que je balance tout comme une tornade à chaque fois et laisse finalement tout couler sans ne toucher à rien.

— Non ! Shirin prit l'avant-bras de Colas qui commençait déjà à se retourner afin de partir. Elle le prit dans ses bras une main à l'arrière de sa tête, elle voulait le rassurer lui montrer qu'elle était son amie mais qu'il était important, que Nour et elle pouvait l'écouter, elles supporteraient de le voir dans cet état, elles n'allaient pas fuir si Colas était simplement sensible.

— On veut t'accorder du temps Colas, si tu plonges lorsque tu es seul, laisse-nous essayer de te tendre la main, de toute façon cela ne tient qu'à toi, nous pouvons seulement être un appui. Dis-nous ton heure pour demain on peut se retrouver chez Nour.

Colas esquissa un sourire et hocha la tête avant de tourner les talons et repartir.

Priam aperçut que Shirin était seule à présent, il revint vers elle. Elle lui accorda un sourire et pour la réconforter, il planta son regard dans le sien, ses mains sur ses joues avant de finalement se baisser pour lui offrir un long câlin comme calmant.

Dans le bus retour, Shirin et Priam se regardaient droit dans les yeux. C'est comme si une discussion intense sans réel fond, simplement l'image d'un lien profond entre eux se faisait ressentir. En même temps, ils en avaient traversé des choses depuis leur 14 ans. Chacun de leur côté, ils revenaient toujours à leur amitié s' ils étaient perdus. Cela pouvait sembler utopique, pourtant lorsque Shirin revenait des petites soirées de jeux et de rires qu'ils organisaient avec Priam et d'autres elle retombait toujours brutalement de son petit nuage. Sa famille avec toute la bonne volonté du monde se permettait de commenter, de l'effrayer quant à ses choix de vie qu'elle ait 14 ou 20 ans. En rentrant chez Priam ce soir-là elle s'arrêta le palier passé et lui soupira :

— Merci.

L'intéressé se retourna avec un air perplexe sur son visage.

— Je ne sais pas pourquoi j'ai le droit à cela mais merci également.

— Tu as toujours une bulle protectrice, mon espace de liberté finalement, jamais tu n'as eu un ton infantilisant ou jugeant. Tu m'as aidé à avancer.

Priam fit un sourire, il ne savait quoi répondre à son amie.

Parfois un silence était plus apaisant et se trouvait être une réponse plus juste et honnête.

Le lendemain comme prévu Nour reçut Colas et Shirin avec des cernes indiquant une discussion tardive. Elle fit des cafés et enfin ils se lancèrent.

— Hier, ce que j'ai dit hier, c'était plus de colère enfouie que de raison propre.

— Mais tu as le droit aussi, Colas.

— Sauf que ce n'est même plus que de la colère. C'est un

sentiment d'agacement envers moi-même parce que quelque part j'ai l'impression que je pourrais m'en sortir, que c'est juste moi qui me bute dans mon cercle vicieux. Cela fait deux semaines au moins que sortir est devenu difficile. Je fais tout car j'y suis en soit forcé pour « vivre », pour avancer comme tout le monde. Mais dès que je peux ne pas aller voir les gens et travailler à distance je saisis l'occasion. En ce moment, rien que l'idée de devoir m'investir dans ces relations, de prendre les transports me rebute. J'ai essayé d'aller à des cabarets comme avant seul, une fois sur place je fais demi-tour, j'use de passe-passe pour m'éclipser sans avoir l'air d'un con. Dans ces mêmes moments sur place je fais des sortes de crises, je peux me mettre à fumer quand bien même je ne fume pas au quotidien, mais dans ces cas-là les gens me stressent. A l'extérieur ils me voient cool mais moi je suis dans un comportement compulsif, ça peut me faire pareil avec la nourriture. Aussi, je suis l'Indécision en personne, je ne finis pas les films, les commence à peine.

— Comment ça se manifeste à l'intérieur de toi ?

— Soit je déphase complètement, je perds pied car ils ne m'intéressent plus du tout. J'ai un peu l'impression d'être sur une autre planète de ne rien partager avec eux. Dans ces cas-là, je trouve une excuse ou non et m'éloigne. Je suis totalement différent avec vous. Je peux rire et me calmer, je peux alterner entre les états, vous m'équilibrez. Avec eux au début je prenais de la place, maintenant je suis un fantôme, je fais acte de présence, mon corps plus que mon esprit. Pour mon stress je joue avec mes ongles, j'ajuste mes bagues en permanence, et à l'intérieur j'ai dix mille pensées en même temps, quand arrive le point où je ne peux plus les contrôler je rentre chez moi.

— Je ne sais pas vraiment ce qu'est le fait de "déphaser" pour toi, ou pour les autres, mais de mon point de vue c'est assez inquiétant dans le sens où ça s'annonce comme un barrage à la réalité, un mécanisme de défense afin de préserver un peu d'espoir et de motivation. Et, d'un autre côté, c'est donc un signe que tu t'accroches à ta vie. Pour ton stress je n'y connais rien mais cela sonne comme une forme d'anxiété sociale ce qui est sûr contraste avec l'image que tu t'efforces de donner.

— En parlant réalité, tu dois le savoir j'ai tout fait pour ne pas chuter de mes rêves, mon confort, mon monde solitaire et appréciable, c'est en vous rencontrant que j'ai vu ce que c'était d'exister à travers le regard de l'autre, à travers le mouvement de mon corps, mes déplacements, mes sens et mes sensations. Pour toi, en te rencontrant j'avais l'impression que tu te plaisais dedans, mais je me rends compte que je ne peux connaître quelqu'un que par l'air qu'il me renvoie. J'ai aussi vu la douleur en Lan et je la vois en toi, et je ne pourrais pas la comprendre au moins la respecter, te parler de mon expérience d'un sentiment similaire sans pouvoir m'exprimer à ta place parce que ce n'est pas mon but, débita Nour, concernée.

— Je ne me sens pas prêt ou pas apte à entrer en contact avec les autres, devoir tenir des conversations, gérer des gens. D'un autre côté, quand je le vois, je désire être un pilier, avoir cette confiance et pouvoir être libre, vraiment. Seulement je me mets encore des barrières, et je baisse les bras probablement trop facilement.

— Tu identifies toi-même une part de ce qui te fais souffrir, c'est bien de pouvoir le faire déjà. Maintenant il faut aussi essayer d'en faire quelque chose, de modifier certaines choses ou de tenter de modifier un état d'esprit, c'est plus simple à dire qu'à faire, je le sais bien ce conseil se perdra probablement dans tes oreilles. Je te propose des sorties-thérapies par tes deux amies, en plus évidemment d'un professionnel, parce qu'il ne faut jamais minimiser la chose, hein ? suggéra Shirin.

— Hmm si je trouve, si j'ai le budget.

Nour et Shirin ne pouvaient pas rétorquer grand-chose, ce n'était pas si évident pour tout le monde.

— Essaye au moins une fois, s'il te plait, même si c'est dans deux, quatre, six mois. Prends ton temps.

— Merci. Et ces sorties, je peux avoir un indice car je sais que tu ne vas pas en démordre.

Finalement, ils changèrent de sujet et Nour invita Colas à danser, à se perdre un peu. Elle espèrait qu'il se sentait assez bien avec elles pour se lâcher un peu.

Le weekend suivant, Colas et Shirin attendaient Nour devant un vieux bâtiment. Nour, cheveux encore trempés, courait vers eux.

— Désolé du retard, je me suis légèrement rendormie après mon réveil, la journée d'hier m'a épuisée.

— Pas de soucis, tu n'es pas tant en retard.

Le trio entra alors dans ce musée. Colas ne savait jamais trop quoi penser des musées, en réalité l'art le dépassait certaines fois, il préférait valoriser l'idée innovatrice ou une technique plutôt qu'une longue explication qui le faisait dormir debout.

Une fois à l'intérieur de la bâtisse, Colas avançait, menant le groupe. Son regard finit par se poser sur une toile indescriptible, il avait l'impression de visionner une cellule humaine, comme si un mini lui était sur ce vaisseau, où ce qui pour lui ressemblait à un vaisseau futuriste. Ces mêmes qui possédaient des ailes avec les palmes à plat. Il avait l'impression que son corps ou celui qu'il pensait voir dans ce tableau, avait une part de nature, comme si ces cellules auraient pû être celles d'une feuille, d'un arbre[9]. Il n'en savait trop rien mais il aimait bien l'idée.

— Colas vient voir, l'appela Nour doucement. Regarde ça, moi qui ne suis pas très familière à ce milieu artistique, celui-ci est intéressant. Un collectif d'artistes a fait des recherches afin de montrer le lien entre la beauté de nos corps, beauté tirée directement de la nature. C'est écrit que par ces œuvres ils défendent la diversité de corps, culture...

Colas se retourna vers l'œuvre qu'il venait d'observer, elle aussi en faisait partie comme il pouvait s'attendre. Ce travail était impressionnant, il fit le tour de chaque peinture, des quelques sculptures, ou encore de la vidéo exposée dans un cadre particulier. La pièce dans laquelle elle était diffusée était tapie de fils de toutes les couleurs, toutes tailles. Ces fils formaient un rideau solennel autour de la vidéo.

L'art ici pour lui avait un sens, il adorait toutes les œuvres de cette recherche. Il pensait garder une trace écrite de ce qu'il ressentait comme lui avait suggéré Shirin. Son petit carnet que sa meilleure amie lui avait offert commença à se remplir de noir, de mots, de phrases.

Colas finit par avancer jusqu'au prochain travail. C'était quelque chose de surprenant, les explications courtes allaient être nécessaires. Une des œuvres était une trace noire arrondie en hauteur. Au sol se trouvait le détail d'un trampoline absent. La seconde montrait d'autres traces noires sur un pan de mur arrondi. Cela était finalement des coups de boxe ancrés dans le mur, et, pour la première la trace du mouvement depuis un saut sur un trampoline[11]. Colas n'avait jamais spécialement vu d'œuvres fixes parler de mouvement. Elles reliaient l'art et le sport, c'était assez peu développé aux yeux de Colas d'engager autant le corps dans un musée. Cela l'interpella et il rattrapa Shirin pour lui l'interroger sur son vécu.

— Shirin, j'ai une question sur ta maladie si tu veux bien ?

— Je t'écoute.

— Comment tu voyais ton corps, plutôt comment tu le sentais ? Comment tu bougeais ?

— D'abord, je le voyais comme un corps de l'ancien temps, avec des formes. J'ouvrais les livres et tentais de me convaincre que mon corps avait été "à la mode" en quelque sorte, il y a de ça des années. Je me sentais contractée, c'est bizarre de le dire de cette manière mais d'un côté, pour répondre à ta dernière question, je bougeais tout le temps. Avec tout l'exercice mes abdos n'avait pas de graisse pour m'empêcher d'avoir mal, mes os étaient des pics, et mon cerveau manquait cruellement d'énergie à tel point que ma concentration était nulle. A présent avec beaucoup d'autres expériences qui m'ont retenues de penser à mon corps, je vois ces lignes et mes courbures comme un art, et que si c'est le mien il ne peut me déplaire puisqu'il varie dans le temps et qu'il est trop complexe pour être déprécié. Lorsque bouger et faire du sport n'ont plus été ma très belle et tyrannique rigueur, le mouvement m'a paru tellement simple. Je me suis rendu compte que tout n'était pas fardeau avec ce corps, j'ai été tellement plus heureuse, mais ce serait mentir de te dire que j'ai eu un déclic, juste je ne me souviens pas comment j'ai basculé de l'un à l'autre. J'ai appris à m'étirer, j'ai commencé par la même occasion à apprendre ce dont mon corps avait envie et besoin, ce dont mon esprit aussi voulait. J'ai été un peu vide pendant quelques mois parce que je n'avais plus le stress ou du moins je tentais de ne plus avoir la nourriture auxquels penser. J'ai dû rechercher ce qui me faisait plaisir seule puis, je me suis rendu compte que j'avais manqué des interactions, que j'avais manqué une partie de ma jeunesse et je m'en suis voulu. C'est pour ça que mes amis toi, Priam, Aminie, Nour maintenant, même Lan et Yohann m'êtes si précieux. Parce que même quand je n'arrivais pas à penser clairement mes seuls moments de petit bonheur, et aujourd'hui d'enfant sont avec vous et vos esprits tordus que j'affectionne plus que tout.

— Et le mouvement t'a aidé malgré tout ?

— Oui le mouvement, pas le sport et tout ce que ça entraîne. Le mouvement dans le sport et non la compétition qui me pousse non pas à me surpasser mais souvent à faire mieux que les autres. Et personnellement, j'ai vu des gens sous couvert que c'était pour battre leurs propres performances, je les ai vu se tuer à la tâche, peut-être qu'après il y trouvaient une victoire personnelle et sentait l'accomplissement, mais j'ai aussi eu la sensation qu'il n'y aurait jamais d'accomplissement. Parce que je pense que s'accomplir ce serait atteindre un bonheur, et si on atteint ce qui semble pour le sens commun être le but de la vie alors ils devraient mourir après avoir achevés leur meilleure performance, et pour l'instant merci ils sont encore en vie.

VIII

Shirin sauta sur son ordinateur en claquant la porte d'entrée derrière elle. Parmi tous leurs moments elle devait bien en avoir un avec Colas en action. Un peu alcoolisé peut-être ? pensa-t-elle. Elle avait passé une bonne demi-heure à choisir un moment où Colas avait terriblement bien bougé, dansé, couru...Enfin elle appuya sur le bouton envoyer, elle n'avait plus qu'à attendre. La réponse de Lan fut rapide, il en profita pour lui demander s'il voulait s'appeler un soir avec les autres. Shirin envoya un message directement sur le groupe pour fixer une heure.

Le groupe se retrouva un soir de la semaine suivante, Shirin avait convié Priam après l'approbation de mes camarades. Elle avait tout préparé en commençant par projeter l'écran de son ordinateur sur un mur qui avait eu besoin d'être libéré afin de ne pas troubler la belle tête des deux autres acolytes d'un autre pays. Priam était venu l'aider, sans trop se faire prier, à cuisiner des quiches et avait ramené des bouteilles de vin, dont l'une serait pour eux demain soir, lui avait-il signifié avec un clin d'oeil, clin d'oeil qui avait décroché pour réaction un non de la tête de la part de Shirin, qui en rajouta en levant les yeux au ciel, en esquissant tout de même un sourire. Nour et Colas débarquèrent un sourire fatigué de fin de semaine sur leur visage. Yohann les appela peu de temps après que le vin fut servi, il connaissait son timing. Lan s'afficha à l'écran enjoué.

— Salut ! Il doit être 20h20 chez vous non ?

— Oui c'est ça vous avez une heure d'avance.

— Bon raconte-nous Lan, tu n'as rien voulu me dire par message, ça fait dix jours que j'attends, s'empressa de déclarer Nour.

— On rentre vous voir dans quatre mois.

— Faut que je libère mon agenda, j'ai un emploi du temps de ministre, plaisanta Shirin.

— D'ailleurs, fit Yohann en se rapprochant de l'écran, qui est le dernier du quatuor ?

— Ici, Priam, grand dadet, se présenta Priam tel un parent introduisant son enfant.

— Alors commençons par vous, que faîtes-vous ou pas ?

— Yohann entraîne toujours au dojo d'une main de fer, et je dessine évidemment.

— Il s'est mis aussi à nager. Et je l'ai suivi enfin nos sorties s'apparentaient plutôt à flotter qu'à nager. Mais ça nous a permis de relâcher la pression et de respirer.

— Je dois avouer, que ça m'a surtout aidé avec mes crises d'angoisses.

— Tu en fais encore, s'inquiéta Nour.

A ce moment, Shirin réalisait à quel point même sans se connaître depuis des années, Lan et Nour étaient parvenus à être proches. Nour l'impressionnait pour être honnête et, elle était fière d'elle.

— Oui, Yohann m'aide beaucoup, j'ai un suivi aussi. Je fais au mieux en quelque sorte ... puisque ça ne peut pas être parfait. Aussi, vous me manquez je dois avouer.

— Mais la vie vous plaît à chacun là-bas ?

Yohann laissa le temps à Lan de s'exprimer en premier afin de ne pas influencer son ressenti.

— Je dirais que j'aime cette vie dans le sens où tout me semble moins un fardeau. Je prends mon temps et malgré ça je fais plein de choses variées. J'ai essayé le tir à l'arc et ça m'a beaucoup plu, j'ai essayé de dessiner avec plus de technique même avec du maquillage ou des feuilles d'arbres. C'était vraiment abstrait mais plutôt agréable. Je ne pense pas que cela a à voir avec la destination, je pense étant donné le changement de rythme, je me suis aussi forcé à changer ma façon de voir mes possibilités, j'essaie de me dire que tout est possible, enfin, tout ce qui dépend de moi. Pour mes démarches, j'envoie dix mille mails et me prend autant de vent que Nour avant d'avoir son job pas si joli-joli. Mais au moins j'aurais essayé et je continuerais dans mon coin.

Yohann regarda Lan avec une pointe de surprise, à vrai dire il avait eu un peu peur que ce ne soit pas la vie souhaitée par Lan mais uniquement la sienne, il s'était confié à Shirin sur ce point avant de partir.

— Et toi Yohann, ajouta Shirin.

— Avec du recul sur ce que j'avais projeté, je peux avouer que je suis content que Lan soit là. J'aime mes élèves, j'aime la ville différente et la seconde langue est plutôt drôle à apprendre, enfin les cours du soir sont amusants. Mais, heureusement que je ne suis pas seul. Évidemment je suis extraverti, j'aurais rencontré de bonnes personnes et c'est le cas, mais, vous êtes mon noyau et je ne parviens pas à m'attacher autant à d'autres personnes que vous.

— Nous sommes incroyables, c'est tout à fait normal, blagua Shirin sur un air faussement pédant.

Un peu après que la conversation ait dérivée, Priam entendit quelqu'un toquer à la porte.

— Tu ne vas pas ouvrir Shirin ?

— Je n'ai rien entendu, répondit cette dernière tout en se levant.

Elle ouvrit la porte pour tomber nez à nez avec Aminie, ses cheveux courts roux soulignant la forme de son visage qui affichait un regard désolé, comme si iel venait de faire une bêtise.

— Mince tu as du monde, j'aurais dû t'envoyer un message. Je repasserais.

Shirin lea retena avant qu'iel ne tourne les talons sans même la laisser parler.

— Attends, tu voulais qu'on discute ? Ça va ?

— Oui, je voulais juste passer te voir mais comme il était déjà tard je me suis dit que je toquerais et j'improviserais.

— Du toi tout craché à la dernière minute. Je pense que je peux te laisser entrer à moins que tu craignes qu'ils ne te mangent.

— Ça devrait aller je pense, fit-iel dans un petit sourire. Je ne veux juste pas déranger une quelconque soirée particulière.

— Regarde.

L'hôte se tourna vers le groupe qui penchait légèrement la tête afin de voir avec qui elle pouvait bien parler.

— Il semblerait que quelqu'un soit derrière cette porte, ça vous dérangerait de lea laisser rentrer ?

— Si, lea compte nous dire son prénom je vote pour.

Alors, Shirin effectua une mimique de révérence et laissa entrer Aminie dans l'appartement.

Iel se présenta rapidement et expliqua surtout comment ces deux-là s'était rencontré.es.

— On était en intérim ensemble, donc concentré.es dans nos tâches respectives. Une machine a lâché d'un coup, ça a fait un grand bruit, on a tous sursauté. Shirin se trouvait sur la ligne un peu plus loin dans mon champ de vision. La machine a refait le même bruit sourd, mais on était les seul.es à rester debout sans s'en préoccuper. Une fois sorti.es, le temps qu'une équipe d'intervention vienne réparer la machine, elle est venue me voir pour me demander une cigarette, les gens commençaient à stresser autour et cela l'énervait un peu. Je me suis demandé.e comment on pouvait ressentir cela et en quoi cela pouvait la mettre dans cet état. Je lui ai tendu une cigarette et, sans que je lui pose de question elle me lança que les gens en trop grand nombre réunis dehors ça ne la mettait tout simplement pas à l'aise, avec leur stress ils regardaient partout et ça lui donnaient l'impression qu'ils allaient tous mourir d'un coup sec. Je dois avouer que son motif était valable mais la fin de son explication me laissa avec un léger fou rire. Heureusement que Shirin ne le prit pas mal sinon je ne serais pas ici aujourd'hui.

Cette histoire farfelue s'arrêta là. L'appel dura encore un peu. Une fois coupé, ceux présents dans la pièce pouvaient remarquer que Nour et Colas étaient légèrement saouls.

— Nour ! lança Colas. Es-tu prête à m'affronter dans une dispute ?

Nour hésita, et finit par approuver.

— Shirin peux-tu nous donner un sujet que cela fasse plus théâtral.

— La trame est "Tu as l'impression, que l'on t'oublie souvent." Colas laisse la se défouler d'abord.

— Je ne sais pas si ça me correspond, si je vais réussir.

— Il n'y a pas à réussir. Je te montre comment je me défoule dans ma tête, ça va faire bizarre de le dire à voix haute.

— Expulse-le, la motiva Colas.

Elle souffla en lançant la musique dans son casque pour que cela soit moins surprenant à entendre réellement d'elle-même.

— Ecoutez, j'en ai marre, ma claque, non je déteste rentrer vous voir parce que, maintenant j'ai grandi et je comprends vos pics. Soit vous ne me répondez pas lorsque je suis à vos côtés, soit vous commentez tous mes choix, ils sont les MIENS ! Je ne supporte plus une seconde l'ambiance de la maison, vous voir gâche mon enfance bien que vous avez été les meilleurs parents dans mes souvenirs...

Shirin s'arrêta là prise par la honte de ce qu'elle avouait, elle se demandait comment elle osait reprocher quelque chose de cette ampleur et pourtant le pensait profondément.

Lorsqu'elle enleva le casque pour le donner poliment à Nour, celle-ci le prit impulsivement, se tourna et se mit juste à crier d'abord. Puis elle commença à s'emballer.

— Vos responsabilités, ne sont pas les miennes, merde ! Je n'ai pas à être prise pour une simplette, je-merde.

Son discours fut court. Elle tendit elle aussi le casque cette fois-ci à Colas.

— Je n'ai pas grand-chose ce soir. Aussi étranger que cela puisse paraître vous observer vous défouler m'a calmé.

— Tu es sûr ?

— Oui.

La fausse dispute devenue un ring de boxe personnel trouva sa fin à cet instant. Aminie parti remplir quelques verres après avoir iel aussi esquivé.e le jeu du casque.

Les conversations reprirent de part et d'autre avant de finalement s'affaiblir et que chacun rentre chez soi. Avant que celui-ci ne s'échappe, Shirin attrapa le poignet de Colas qui lui offrit une moue perplexe en retour.

— J'ai reçu quelque chose pour toi, de la part de Lan.

Elle lui tendit un dessin sur lequel elle avait failli laisser tomber une larme en le voyant. C'était Colas qui tentait en vain de chanter, un peu alcoolisé. Il prit son portrait dans ses mains, ne sachant trop ce qu'il lui inspirait ni ce qu'il devait dire à Shirin.

— J'ai pensé que ce portrait pouvait te représenter toi, en mouvement qui plus est, toi rien que toi malgré que tu ne sois pas sobre à 100%, tu sembles plein de bon sentiment, sans te soucier de notre regard, bien qu'on ne soit pas les autres.

— Merci, bredouilla Colas.

Se voir en dessin, était encore plus surprenant qu'en vidéo. Il adressa un dernier regard à Shirin la gratifiant d'un énième merci dont lui-même ne comprenait pas ce qu'il remerciait avant de filer dans le froid.

En marchant le long de la ligne de tramway, Colas continuait de dévisager la personne sur la feuille. C'est comme ça que les gens me perçoivent, pour la plupart du moins, le froid avait eu à moindre mesure de le désaouler rapidement. Ce qui le perturbait le plus sur son visage crayonné était son expression. Il semblait joyeux, ailleurs, et d'une part sa bouche semblait rendre la scène triste, il n'avait pas de sourire affiché, juste un corps qui bougeait, probablement en rythme si celui-ci avait été animé. Colas tenta de repenser à cette soirée dessinée, qu'avait-il pu se passer pour qu'il ne se sente pas parfaitement bien, vivant, heureux. En réfléchissant à la situation, Colas tira une cigarette depuis le fond de son manteau, l'alluma et préféra oublier cette vieille soirée. A chaque fois qu'il fumait, Colas finissait par le regretter, à chaque fois qu'il mangeait seul ou trop, il finissait par le regretter, et, le peu de fois où il avait eu des relations sexuelles, il avait regretté. A force, il rigolait tout seul, blaguant sur sa propre personne, de ce qui lui semblait ridicule, vain, et à la longue, l'épuisait. Devoir toujours investir le regret, bien que ça n'en vaille pas la peine, l'amenait parfois à se trouver hors des discussions. Ces mêmes discussions qu'il avait décrites à Shirin et Nour, ces mêmes qu'il qualifiait de futile ou dont il ne pouvait participer, se sentant hors du groupe, parfois de son temps ou du temps.

Colas avait laissé quelques jours passer avant de tenter prendre un rendez-vous avec un psychologue. Il avait peiné à en trouver un qui n'offrait ni un tarif trop élevé, ni une attente de plus de 2 mois. Ce jour-là, le jour du rendez-vous, Colas était de bonne humeur, on était encore tôt dans la journée, avec un soleil léger mais présent pour égailler sa matinée. Il descendit les vieux escaliers de son immeuble, une main sur la rampe, mettant une jambe devant l'autre avec une certaine lenteur. Il était plongé dans ses pensées, se demandant ce qu'il allait pouvoir évoquer auprès de ce professionnel. Primo, lista-t-il intérieurement, je ne le connais ni d'Eve ni d'Adam. Deuxio, mes problèmes semblent superflus. En fait, je ne sais même pas à quoi ressemble une séance de psy, des parallèles loufoques entre mon enfance et des anecdotes ? Ennuyant, illogique.

Son GPS activé tardivement, il rattrapa la bonne route, toujours à pied comme à son habitude, pour trouver, après des minutes de marche qui lui parurent interminables, un vieil immeuble à la porte minuscule en bois. Il vérifia les indications qui lui étaient parvenues trois jours plus tôt, le code A2519B. La porte sonna, Colas continua son chemin, il faut vouloir se faire "soigner". Un deuxième interphone se trouvait face à lui, il chercha le bon nom et appuya sur la cloche dessinée à côté. Cette deuxième porte se déverrouilla à son tour, c'était peut-être un donjon sorti d'un jeu vidéo finalement, le boss serait le psychologue. Au deuxième étage, il trouva le bon numéro et entra pour s'installer sur ces chaises de fortunes des praticiens libéraux qui travaillent depuis chez eux. Un homme d'une quarantaine d'années apparut derrière une énième porte, appelant son nom. Colas fit un hochement de tête réservé et le suivit. Une fois installés face à face, un malaise profond criant à Colas de prendre les jambes à son cou le parcourut. Le professionnel commença par demander si Colas avait des attentes, s'il avait des choses à exposer avant tout. Cela dérouta Colas qui avait envie de répondre un meilleur sentiment interne et pas de médocs. Le psychologue procéda donc à demander les informations relatives à la famille, des moments marquants, ses relations à autrui. Colas se demandait réellement au fur à mesure de la séance ce qu'il faisait ici, il avait l'impression d'être personne en décrivant sa vie, il ne voyait même pas comment en parler allait l'aider après tout, il essayait déjà de faire des efforts de lui-même.

Un mois était passé, il= passait à nouveau cette porte minuscule. Il rentrait de ce deuxième rendez-vous en se disant qu'il annulerait la prochaine fois, il n'y aurait pas de prochaine fois. Cela ne lui convenait pas, il se débrouillerait, après tout c'est ce qu'il a toujours fait, pour le meilleur comme pour le pire. Compulsivement il tira sur sa cigarette, il s'était mis à fumer non plus seulement entouré, mais en journée seul et stressé, stressé par-il-ne-savait-trop-quoi. Dans les transports, il tapait toujours du pied ou jouait toujours avec la coque de son téléphone, mais, dès qu'une connaissance approchait, sans s'en rendre compte, ces gestes parasites disparaissaient. Sa propre personne le fatiguait, son mental en carton, ses changements d'humeur en une journée, ses compulsions sur la nourriture ou la cigarette, ses propres paroles à lui-même qui d'un côté tentait de lui dire qu'avec le temps tout s'arrangerait, qu'il avait le droit de galérer maintenant et aujourd'hui, d'un autre côté une voix différente lui soufflait qu'il se comportait comme un enfant, ou un lâche, il devrait être capable de se lancer, de sortir, d'être plus bosseur, de faire plus de sport, que c'est par là qui se reprendrait. Pour Colas la marche était trop grande et il se sentait trop seul pour quelqu'un d'entouré d'amis fidèles.

En passant la porte de son appartement, il hésita sur ce qu'il devait, ouvrait, avait envie de faire à cet instant. Jouer aux jeux-vidéos était une bonne idée, c'était son temps libre après tout. Cependant, il était bien trop effrayé à l'idée de développer une addiction du fait de la facilité d'une addiction à en entraîner une autre. Il le savait, Shirin avait évoqué avec lui ce qu'elle avait aperçu du sujet avec son propre trouble du comportement alimentaire, ce que des médecins avaient pu dire. Colas évita alors cette idée plaisante de ne pas voir défiler les heures, il ressorti les marques pages, bien qu'il ne lise pas vraiment, que Shirin lui avait acheté au musée. Cela représentait les œuvres qu'il avait bien aimé. Dans un éclair d'énergie, il entreprit d'arranger sa chambre et nettoyer son appartement en même temps qu'il ferait le ménage dans sa tête. Les marques pages finirent par trôner, fixés au mur, devant lui pour qu'il ne perde pas de vue ce qui peut être agréable bien que l'agréable et le beau soit des notions de philosophies étudiées il y a déjà trop longtemps pour ma mémoire.

Il se changea rapidement pour se mettre en tenue confortable, tenue avec laquelle il dormirait probablement le soir même.

IX

Nour avait laissé passer un mois ou deux. Elle était hésitante, serait-ce une bonne idée, une bonne rencontre ou plutôt de belles retrouvailles. Depuis combien de temps ne les avait-elle pas vu ? Ils ne devaient pas savoir qu'elle était tombée, sortie de sa torpeur. Dès que Lan fut parti, elle s'était mise à rechercher avec d'avantage de vigueur sa famille, sa mémoire était bonne, son envie de les voir moins. On était ce fameux jour où elle se décidait à toquer à la porte de semi-inconnu, de vieilles connaissances. En vérité, ce fameux jour durait depuis une semaine déjà. Son courage lui permit finalement de lever sa main sur cette porte noire modeste. Le trajet avait paru plus long que l'heure indiquée sur le vieux téléphone de Lan, son esprit n'avait pas réussi à se concentrer, divaguant à chaque montée et descente du bus. Un homme d'une cinquantaine d'années ouvrit la porte. Sur son visage qui indiquait un air fatigué, passa un éclair de frayeur, il recula et appela sa femme. Nour ne put croire cette scène surréaliste tout droit sortie d'un film, était-elle devenue à ce point un fantôme pour ses propres parents ? Sa dite mère, arriva avant de se stopper nette devant le visage de Nour qui esquissait un sourire contrit. Son père la laissa finalement entrer, elle n'était tout de même pas une étrangère, s'indignait Nour. L'intérieur avait été modernisé depuis son départ il y a de ça plus de 5 ans. Elle commençait à se souvenir à présent, du moins elle pensait. Ses parents appréciaient ce qui était simple, minimaliste, leur décoration renvoyait dans le sentiment d'un espace à tout le monde, impersonnel, ce qui en était presque désagréable, comme ces devantures de magasins sans vie. Son père partit servir un café à sa femme et lui, tout en réussissant à articuler quelque chose qui sonna comme une question de politesse à l'attention de Nour.

— Un verre d'eau seulement, merci, répondit-elle, tout en laissant entendre dans le grain de sa voix qu'elle avait confiance en elle, confiance qu'elle feignait à cet instant.

Le mouvement de son pouce sur la paume de sa main aurait pu la trahir, toujours est-il que ses parents étaient déjà sous le choc de la revoir qu'ils ne prêtèrent pas un regard sur son jeu de main.

Sa mère l'incita finalement à s'asseoir sur le canapé beige et confortable. Seul véritable meuble pour lequel la qualité était nécessaire dans les yeux de ses hôtes. En prenant place en face de sa mère assise face à elle et vite rejoint par son père, elle se permit de caresser la matière si douce du canapé sur lequel petite elle s'endormait dans les après-midis. Tous ces souvenirs ne lui étaient pas encore revenus, cette visite lui procurerait peut-être un déclic. Ne sachant trop par quoi commencer, Nour attendit que ses parents se décident à faire le premier pas.

— Tu nous as manqués.

Son père avait pris la parole, il mâcha chacun de ses mots.

— Vous saviez où j'étais tout ce temps ?

— Evidemment. Quand es-tu sortie ?

— Comment ça ? Je suis sortie il y a des mois, vous auriez dû le savoir.

— Non.

Sa mère marqua une longue pause.

— Nous avions... abandonné... l'espoir de te revoir, pesa cette dernière.

— Je ne sais pas si je peux vous en vouloir, pourtant ça me blesse encore plus de l'entendre de votre bouche que de le savoir. Parce que c'est ce que j'ai compris ces derniers jours.

— Nous sommes désolés.

— Je ne sais même pas ce que j'attendais en venant ici. Je ne sais pas ce que j'attendais de plus que vos excuses.

Nour eut l'idée de se lever et faire demi-tour jusqu'à son lit, l'idée seulement lui traversa l'esprit, son corps ne put répondre à son envie sur le champ. Elle se crispait.

— Attends...

Nour coupa son père afin de poser cette maudite question qui lui brûlait les lèvres.

— Qui étais-je avant ? Qu'est-ce que je faisais ?

— Tu ne te souviens pas ?

— Je me souviens seulement de ce qu'on m'a dit à mon réveil.

— Et ?

— J'ai fait une tentative de suicide.

— Rien d'autre ? Tu n'es pas censée sortir amnésique d'un hôpital.

— J'y étais apparemment depuis plus longtemps, vous le saviez. Vous n'êtes jamais venus me voir et c'est pour ça que j'ai tenté de mettre fin à mes jours.

— Je...

Nour savait pourquoi elle avait été admise là-bas,

lorsqu'elle était avec Lan à réessayer tout et à vouloir réapprendre tout ce qu'elle avait perdu, Lan l'avait trouvé étrange par moment, plus que sa peur du conflit, il l'avait questionnée sur ce qui se passait entre son corps et son esprit. Elle avait été perdue, ici elle avait dû se rappeler.

— J'ai rencontré quelqu'un qui m'a fait ressentir, je n'ai pas besoin de me souvenir, je ne peux pas guérir.

Après avoir trouvé Lan qui pleurait sous l'arbre. Nour étant seule avait d'abord tendu la main afin qu'il vienne à sa hauteur. Celui-ci un peu ailleurs l'avait fait s'asseoir, il devait voir en elle qu'elle était aussi blessée que lui, tous les deux impactés par la vie, le sens, le but, l'énergie de vie elle-même. C'est alors qu'elle avait commencé à avoir peur, Lan l'avait tiré dans une vie qui était bien trop réelle, celle qu'elle fuyait, sa vie semblait ennuyeuse, fatigante mentalement. Elle n'avait fait aucune remarque sur le coup, elle avait redirigé la conversation, et, Lan la surprenait par ses réponses. Nour s'était laissé tenter à écouter ce mystérieux personnage, totalement cassé, plus qu'elle. Lorsqu'il lui avait confié le fait de devoir vivre, elle n'était pas surprise, quelque part elle se retrouvait en lui. Elle avait elle aussi avoué qu'elle aimait des choses, choses qu'elle avait redécouvert un peu plus tard avec lui lorsqu'il l'avait prise sous son aile sans se poser de questions. Elle n'avait nulle part où se trouver, où aller à ses yeux alors elle l'avait suivi aveuglément, elle avait toujours été comme ça, ce n'est pas aujourd'hui que cela changerait. Le personnage qu'était Lan ne lui avait pas posé de question pour son plus grand bien. Il l'avait accueilli et expliqué les différentes émotions qu'elle parvenait à sentir un peu plus qu'avant, qu'avant quand tout était solitaire. Chez les autres c'était un autre cap, elle les décelait comme elle l'avait toujours fait. La compassion n'était pas chez elle quelque chose d'innée à proprement parler mais en voyant Lan travailler, cette même personne qui lui avait ridiculement expliqué comment la société fonctionnait, elle se sentait d'essayer elle aussi de travailler pour une fois, pour elle-même. La cuisine lui avait plu chez Lan, juste chez lui, une fois qu'elle avait mis un pied au travail, les horaires, le salaire, les remarques étaient pour elle irrecevables. Nour savait penser à elle, cela avait été pour son plus grand bien à cet instant.

Nour devait avouer que la fois où Lan s'était déridé pour l'emmener dans un bar, elle avait réellement apprécié sortir. Elle aurait voulu voir du beau monde plus tôt, cependant, elle ne sait pas si cela aurait eu un impact positif sur elle, une seule chose était certaine, avec Lan elle n'avait aucun problème.

Tout avait un peu mal tourné lors de la sortie à la mer. Nour avait voulu faire un quelconque mouvement bien trop dangereux, "pour le fun", s'était-elle dit, heureusement Colas et Shirin avaient été rapides et l'avaient empêché. A ce moment crucial, elle était retombée un peu dans son cercle vicieux. Lan, après cette histoire dont il n'avait pas eu vent, percevait tout de même des comportements de mise en danger de la part de Nour. Elle ne s'amusait pas à marcher sur une rambarde à 50 mètres du vide mais il n'y avait pas besoin de ça pour voir qu'elle cherchait des sensations diverses et variées. La nourriture lui en apportait certaines et c'est pour ce fait qu'elle avait adoré dévisager Lan lui décrire tous les plats. Lan était sans le remarquer ni le vouloir expressif, elle percevait qu'il ressentait un tas de choses bien qu'il était effrayé par la vie et le vide. Elle n'était pas tant son opposé. Elle aimait le vide, le fait de ne plus être là, de ne pas voir la réalité, pour autant, c'était bien parce qu'elle avait peur de ce même vide que pourrait lui offrir la vie, une ligne plate, sans âme, sans changement.

Avant de prendre cet avion Lan avait osé poser la question.

— Qu'est-ce qui se passe dans ta tête ?

Demande étrange, formulation douteuse, la réponse à ce genre d'interrogation ne pouvait exister. Néanmoins Nour savait ce qu'elle pouvait répondre, elle comprenait le sens premier, et préférait finalement la tournure choisie par Lan pour lui demander si son comportement était normal pour elle ? Si elle allait bien ? Lan ne l'aurait pas rapprochée, elle, de la norme, pourtant il sentait qu'elle tentait d'elle-même de paraître plus calme qu'elle ne l'était.

— J'ai un trouble mais il est trop complexe pour rentrer dans les cases de diagnostic, résultat : même hors de la norme on ne m'y retrouve pas.

Lan lui avait accordé un hochement de tête, signifiant qu'il entendait, bien qu'à comprendre ce n'était pas de son ressort. Il était ensuite parti sans n'ajouter rien de plus, parce qu'au final Nour était la même personne, ce n'avait pas été une révélation. Lan n'était pas fan des "révélations", il n'y a pas de grand moment dévoilant un secret qui bousculera sa vie. Une révélation doit avoir un impact, dans ce cas on s'exclame sur la conséquence, le changement, l'action, non ce qui est dit. Enfin, la plupart des révélations ne n'en sont pas. Lan prenait souvent cet exemple pour défendre son idée : disons que le gouvernement nous révèle être des aliens, dans l'immédiat qu'est-ce que ça change ? Beaucoup de gens diront qu'ils ont perdu confiance, les aliens sont méchants... Ce que je vois moi c'est qu'à la limite on va encore plus produire pour tenter de les rencontrer dans l'espace. La découverte peut être intéressante, les conséquences sur Terre sont terribles. Et puis les raisons du secret etc etc... Un raisonnement qui permettait à Lan de rester calme sur ce genre de sujet, ce genre de sentiment d'excitation ou de colère que ressentaient les autres vis-à-vis d'un tel ou une telle.

Les parents de Nour étaient désorientés. Nour l'avait toujours perçu et cela l'affectait toujours autant. Elle ne s'était avouée que tard que ses parents ne pouvaient la supporter, pensant que c'était un quelconque oubli, comment peut-on oublier un enfant ? C'est durant ces derniers jours que Nour s'était rendu compte que l'instinct maternel, paternel était une fichue connerie et que la famille ne pouvait en être qu'une si de l'amour véritable passait entre les personnes. Son petit frère et sa petite sœur ne l'avaient plus vu depuis leurs 10 ans. Elle se souvenait vivement d'eux, est-ce qu'elle leur avait manqué ? Elle était principalement revenue pour voir comment ils allaient.

— Où sont Amos et Cassia ?

— Ils sont dans leur chambre.

— Vous pouvez les appeler ?

Laissant échapper un soupir, son père se leva, il était embarrassé. Son frère et sa sœur étaient ceux avec qui elle avait tissé des liens dans la famille. Ses parents ne voulaient qu'elle les garde, ce n'est pourtant pas ce qui les empêcha d'être proche, eux admirant l'énergie de leur grande sœur certes manquante sur la fin, hors de la réalité. Elle avait beau tout essayer pour ne rien laisser transparaître devant eux, son trouble était ce qu'il était, et ne lui laisserait jamais de répit juste parce qu'elle le supplierait.

Son frère, 15 ans, suivi de sa sœur, 16 ans, traînait des pieds. Leur écart d'âge avec leur sœur avait étrangement renforcé leur relation plus jeune. Lorsqu'ils reconnurent Nour après un temps à analyser ce qui se passait, tous deux affichèrent une mine triste. Nour resta figée sur place attendant une réaction qui démontrerait leur joie, quelque chose de positif. Elle espérait qu'ils ne pensaient pas qu'elle les avait abandonnés. Amos s'avança davantage et la prit dans le bras. Nour ne put retenir ses larmes. En voyant la situation, Cassia vint prendre sa place dans cette accolade. Nour mit un temps avant de resserrer ses bras autour de sa famille, sa seule.

Elle leur donna son numéro et préféra ne pas rester plus longtemps, pour eux comme pour elle.

Devoir voir sa famille l'avait épuisée, dans le bus retour elle s'endormit laissant ses cheveux tombés sur son visage et la sensation désagréable de la vitre sur son front s'évaporer. Nour se réveilla en sursaut, elle tenta de masser son cou douloureux et descendit deux arrêts plus loin. Quelque chose était inexpliqué, elle devait avoir été sur le qui-vive même endormi pour réussir à ne pas louper son arrêt. Elle soupira tout en se mettant en route pour rentrer au chaud. Nour poussa la porte de son appartement et se dirigea vers la douche, cela la détendrait pensait-elle ou espérait-elle. Une fois habillée d'un jogging et d'un vieux T-shirt à Lan, son cadeau de départ pouvait-elle dire, son téléphone résonna dans l'appartement. Shirin était au bout du fil, elle lui demandait si cette dernière voulait passer à l'appartement, Aminie était là également. Colas manquait à l'appel de ce qu'elle entendit.

Nour passa alors devant son miroir. Elle n'avait pas envie de devoir remettre un jean, ni une tenue "correcte" comme aimait dire ses grands-parents à l'époque. Elle prit une chemise lourde et épaisse et se dit qu'à défaut elle pouvait sortir tout droit des séries qu'elle zappait petite. Ses cheveux mouillés dégoulinaient encore sur sa chemise, et elle restait figée devant son reflet, pourquoi tous ces souvenirs refaisaient surface maintenant ? Elle savait parfaitement qu'il n'y avait pas de formule magique pour débloquer une mémoire, un pas à faire, ça prenait du temps, et elle avait pensé laisser tomber le fait de se souvenir d'elle petite. Sa mémoire lui présentait simplement les faits, l'image et le son étaient coupés malheureusement. Nour accordait beaucoup d'importance aux voix, aux bruits, et son cerveau la privait d'entendre sa propre voix infantile.

Elle ferma les yeux et étira sa tête sur les côtés, son cou ne la lançait plus autant. Elle se résigna à se dépêcher de sortir afin de ne pas rester seule après cette journée. Nour choisit de marcher pour se donner une constance, un mouvement et non bloquer son corps dans un quelconque tramway qui l'ennuierait et la laisserait davantage seule bien qu'entourée d'inconnus.

Sur place, Shirin ne se fit pas attendre, elle lui ouvrit rapidement et l'invita à prendre ses aises.

— Il y a quelque chose de spécial ? Un anniversaire dont j'aurais oublié la date ?

— Non, se retourna Shirin qui sortait des verres et des gâteaux, j'étais avec Aminie et l'on s'est dit que l'on aurait peut-être besoin de se voir.

— Des nouvelles de Colas ?

— Il a dit retourner voir quelqu'un.

Nour hocha la tête, les lèvres pincées, pas sûr que cela ne soit que positif.

Aminie prit alors le temps durant cette soirée de se présenter, elles en vinrent à parler des drôles de relations humaines. Nour évoquait le fait que très peu de gens attiraient son attention en tant qu'amis, si elle pouvait dire. Shirin, confia qu'à l'inverse une simple personne marchant devant était pour elle une histoire complète. Elle souriait lorsque quelqu'un écoutait de la musique et bougeait sa tête en rythme, elle aimait sincèrement les personnes. Aminie quant à elle, n'imaginait les gens que lorsqu'ils se parlaient, lorsqu'un lien de relation était créé, elle n'était pas à proprement parlé "attirée" par les gens autour d'elle. Chacune se trouva étonnée de découvrir que les humains n'avaient pas le même fonctionnement d'apprécier ou non l'autre. C'était pourtant le point commun qu'elles auraient pu trouver à tous les humains, le fait de se voir dans l'autre sans parler de la subjectivité propre à chacun sur laquelle la conversation avait dévié.

Elles s'amusaient à comparer leur a priori, puisque personne n'est exempté des apriB. Shirin décrivait les histoires qu'elle donnait aux gens présentés sur des photos trouvées en ligne.

Vers une heure avancée du matin, Aminie esquissa un

bâillement alors que les yeux de Nour commençaient à se fermer. Shirin leur proposa alors de rester dormir, et, sans réellement attendre leur réponse, elle prépara une couverture et les envoya dans sa chambre. Shirin se lova contre les coussins de son canapé. Bien qu'exténuée elle aussi, Shirin ne put s'empêcher de se réveiller en plein cauchemar deux fois.

Son cauchemar ne s'était pas arrêté une fois réveillée, dès que sa tête s'était reposée sur l'oreiller, il avait repris exactement là où il s'était arrêté.

C'était assez étrange, elle se trouvait dans sa maison d'enfance, rien n'était exactement pareil, ni exactement différent. Elle était plus jeune, plus vaillante aussi, plus musclée. Ses parents qui n'étaient, eux non plus, pas tout à fait ses parents, lui disaient de rester calme, d'aller jouer. Mais dans son for intérieur quelque chose clochait, ils semblaient stressés et trop gentils pour les bêtises qu'elle avait faîtes. Oui, ce rêve avait des souvenirs. Un quelconque ami, ou frère ou une sœur peut-être, était avec elle dans cette maison. Le temps avança dans son rêve sans horloge et elle fut propulsée au moment où elle écoutait la conversation de ses parents. La petite fille n'entendait pas spécialement les mots, les phrases ni les sons, mais une excitation, une volonté de prendre la fuite s'empara d'elle. Elle tenta de paraître parfaitement normale, d'aller chercher des goûter et son ami.e avant de courir dans le jardin. Ses jambes tremblaient mais elle courait, elle passa le grand mur qui délimitait la fin de la demeure familiale.

Shirin se réveilla pour la deuxième fois en sursaut, rien d'incroyablement affreux, pas de monstres, et pourtant elle était prise d'effroi.

Ses cauchemars arrivaient bien souvent ces derniers temps, elle prit soin de les noter. Elle n'avait pas la volonté d'aller les étudier, cela lui paraissant vain et probablement mystique, elle en parla simplement avec Priam et releva les coïncidences, le sentiment qui semblait lui causer son mal être à chaque réveil, à chaque sueur et sursauts.

— Qu'est-ce qui te fait peur ?

— Je crois que l'oppression m'effraie à chaque fois. Un de mes rêves plus jeune me plongeait au milieu de cailloux vivants qui roulaient jusqu'à moi au moindre de mes mouvements. Je ne pouvais aller nulle part, le seul paysage que je pouvais voir était une étendue d'herbe mal coupée, humide, un ciel gris d'hiver nonchalant, et un grillage vert assez haut comme pour des animaux.

— Tu ne sais pas ce qui diminuerait ces rêves ? Si un temps tu n'en as pas eu où étais-tu ?

— Quand je voyage, quand je suis avec mon sac à dos pour le travail.

— Il va falloir qu'on trouve un entre-deux.

— Effectivement, peut-être regarder une émission sur un autre pays ou une ville ?

— Tente ça ce soir, je peux rester aussi si tu me le demandes.

Priam resta aux côtés de Shirin, l'émission télévisée sembla fonctionner pour les premiers soirs, les cauchemars ne disparaissaient pas entièrement mais cela apaisa tout de même Shirin. Prima soupçonna plutôt que le fait qu'elle soit épuisée l'empêchait de se réveiller en plein rêve. Si son soupçon était vrai, ce n'était pas non plus positif à long terme.

Laissant ses cauchemars revenir et repartir, Shirin se concentra sur le travail et sur Priam. Sa famille l'appela, cela faisait déjà plusieurs mois qu'elle n'était pas venue leur rendre visite. Priam savait que leurs relations n'étaient pas les plus parfaites, il demanda alors à l'accompagner. Shirin ne pouvait pas dire que sa famille ne lui manquait pas, mais, une fois le pas de la porte franchi, elle n'était pas trop sûre de ce qui l'attendait, cela faisait monter son stress. Bien que ce soit ses proches, Shirin régissait de la même manière que face à de parfaits inconnus, elle connaissait leurs réactions, ce à quoi elle ne pouvait se fier était leurs émotions face à une situation. Les émotions des gens lui semblaient souvent démesurées. Les mots fusaient et l'atteignaient de plein fouet lorsqu'eux oubliait le lendemain la violence de leur phrase, une intonation mal interprétée.

Une fois les banalités dites, Shirin se fit toute petite, la conversation tournait en rond et le sujet de débat ne semblait pas en être réellement un. Priam n'appréciait guère ce moment non plus, lui d'habitude si bavard, il ne dit mot. Les parents de Shirin l'interrogeaient à chaque fois sur son travail, encore et encore, à croire qu'elle était bloquée dans une boucle sans fin, une conversation qui ne s'écoulerait pas.

En étant à la fois présente et détachée, Shirin repensait à la petite fille qu'elle était. Cette petite se dirait que le monde est drôlement fait, et, elle adulte, saurait que son insouciance et la joie que cette petite dégageait étaient son plus grand regret. Shirin aurait aimé pouvoir se protéger du monde des double sens, des sous-entendus, des non-dits, des critiques et des comparaisons. Petite, elle dégageait une telle confiance, elle n'avait conscience que de son imagination hors norme, de ses amis. Aujourd'hui, elle attestait des relations non-saines de ses parents et leurs amis, des faux sourires, des passés familiaux enfouis quand bien même on pense y échapper. Sa famille aux yeux des autres avait toujours paru bienveillante, ses parents étaient ensemble, ils partaient en vacances, rigolaient... Mais à l'approche de ses vingt ans, Shirin avait découvert les secrets familiaux de ses parents. Parents dont elle se demandait déjà qui ils étaient. Elle ne connaissait pas leur passé, et, elle devait l'avouer, son père lui donnait l'impression de jouer la comédie souvent, parfois d'avoir un masque, afin de cacher ses émotions. Quant à sa mère, il lui semblait que celle qu'elle aimait, manquait non de cran, mais de certaines passions ou quelque chose qui la qualifierait. En famille, sa mère et ses envies inconnues s'effaçaient. Leurs amis n'étaient pas mieux, ils tenaient eux aussi l'art des réflexions cachées, ces phrases banales et "gentilles" qui ne sont qu'un reproche déguisé. Ce monde que la petite fille qu'elle avait été ne soupçonnait pas, elle aurait préféré l'enterrer, et garder sa forme et sa créativité pour devenir autre chose. Shirin se demande parfois ce que cette petite fille, qui lui semble être autre qu'elle, aurait été. Avec toute sa force et toute sa vigueur, elle aurait probablement fini journaliste, artiste ou bien athlète. Toutes ces passions, elle les avait arrêtées, intellectualisant beaucoup trop sans se laisser le temps d'y aller avec son intuition ni d'écouter son corps.

X

Nour communiquait maintenant depuis deux semaines avec son frère et sa sœur. Elle n'osait pas leur demander de se revoir, ils avaient grandi et ils l'avaient compris. Ils lui demandèrent de se rejoindre dans un café prochainement. Nour tentait de s'endurcir, elle n'était pas celle qui avait peur, elle ne l'avait pas été aux côtés de Lan et, elle devait s'appliquer ce même schéma de penser. Le matin du rendez-vous elle resta à ne savoir trop quoi faire dans son appartement qui parfois lui semblait bien vide. Elle prit l'air sur le balcon, il faisait étrangement bon. La météo n'était plus fiable, les saisons non plus. Sachant qu'elle devait se motiver, elle s'habilla avec ses vêtements de la veille et descendit quatre à quatre les escaliers de son immeuble. Elle ferait ce qu'elle pouvait : acheter des cadeaux en guise de preuve d'amour. Cela lui faisait d'autant plus du bien d'acheter pour les autres, ça lui donnait une excuse pour se balader en ville avec un but.

Elle vit la boutique de bijoux devant laquelle Priam les avait emmenés, par nécessité pour son travail avait-il expliqué. Il leur avait montré plus tard ce dont il était capable avec des outils dans les mains et du métal à chaud. Pour sa sœur, Priam avait incrusté chaînes et pierres sur une petite sculpture. En repensant à cette histoire Nour poussa la porte ne sachant trop pourquoi. Elle se dit finalement en regardant les diverses pièces détachées, qu'elle pourrait offrir un bracelet commun à son frère et sa sœur. Minutieusement, avec l'aide du vendeur elle choisit un symbole ou bien une pierre qui les qualifierait chacun. Sur chaque chaînette se trouvaient les trois symboles rappelant ainsi leur lien. Ce premier achat lui laissait pousser des ailes, elle ne voulait plus perdre de temps avec son frère et sa sœur. Sa route se poursuivit jusqu'à la porter à l'entrée d'une petite librairie. Les grandes librairies étaient-elles remplies de gens collectionnant des livres qui lui paraissaient froids. Lors de sa déambulation, elle laissait son regard traîner sur les étagères, celui-ci s'arrêta sur un livre d'une personne avec un trouble similaire au sien. Nour lit la quatrième de couverture, qui contait une histoire qui lui semblait partiellement sienne. Elle paya donc ce livre et rentra chez elle afin de commencer sur le champ la lecture. Ces plaies n'étaient toujours pas cicatrisées et elles comptaient bien les refermer.

Le livre s'approchait au plus près de ce qu'elle avait pu ressentir et parfois vivre, des paroles. Elle le lut avec une attention particulière tout en déjeunant et le termina sur la route du rendez-vous.

Elle passa la porte, son frère et sa sœur déjà assis à l'attendre et à discuter. Nour prit place sur la banquette en face de sa famille. Leur table dans ce coin intimiste était rassurante pour tous les trois. Sa petite sœur porta la conversation afin de ne pas rester dans un silence étouffant.

— Qu'est-ce que tu as fait cette semaine ?

— J'ai travaillé, comme je vais reprendre des études, j'ai trouvé un travail pour payer mon loyer donc ma semaine est assez chargée entre révisions des bases et la vente. Et vous où en êtes-vous ?

Amos prit la parole.

— Je suis en CAP pour faire des prothèses.

Nour trouvait cela nouveau de la part d'Amos d'être dans un côté davantage médical. Il était agile de ses mains et apprenait essentiellement par les exercices pratiques finalement c'était un peu ce dont elle avait imaginé.

— Comment t'es venu l'idée ou l'envie ?

La question lui avait brûlé les lèvres et Amos semblait légèrement déstabilisé.

— Par rapport à toi, avoua-t-il un sourire triste sur le visage. Ça n'a rien à voir avec ton trouble mais je me suis dit que je pouvais aider à ma hauteur tout en prenant plaisir, parce que c'est ce que tu nous as toujours dit.

— Tu nous disais de faire les choses pour nous et prendre plaisir avant tout, ajouta Cassia.

Nour ne se souvenait pas particulièrement de cette phrase toutefois elle le pensait au plus profond d'elle, toujours. Nour reporta alors son attention sur sa sœur afin de l'interroger du regard.

— Je fais un bac normal, je ne sais pas trop ce que je veux faire à vrai dire.

Cassia semblait perdue et cela semblait être un sujet sensible, mais Nour ne marchait pas sur des œufs lorsqu'il s'agissait de sa famille.

— Tu n'as pas besoin de savoir si tôt, certaines personnes changent de métiers bien tard pour la société mais tant que toi tu profites tu as le droit. Tente des choses et rate par moment, tu auras toujours appris quelque chose de plus au final.

Cassia se demanda à quel moment de son adolescence Nour était devenue aussi sage. A ses yeux, elle, elle se débattait déjà avec sa vie de collégienne puis lycéenne, Nour avait eu le temps de se forger un caractère bien plus déterminé.

— Vous êtes forts tous les deux, mais n'oubliez pas de respirer et de pleurer, de vous confier aussi. Avec les parents et moi, je sais que cela n'a pas été évident, maintenant je suis là et vous pouvez m'appelez quand vous voulez, je ne vous ai jamais laissé tomber et je vous aime plus que tout.

Nour commençait à retrouver une vigueur et son envie d'être une grande sœur sur laquelle on peut compter. Aussi, elle voyait chez son frère et sa sœur, ce qui les rassemblait et elle voyait des bribes de vie qu'elle aurait aimé avoir, plus légère parfois avec d'autres non-dits, d'autres soucis.

A la sortie du café, laissant Amos et Cassia monter dans le bus retour, Nour se dit qu'elle devait appeler Colas et prendre de ses nouvelles. Il n'était pas venu à la dernière soirée, commençait-il à s'en sortir ? Quel effet le.a psychologue avait sur lui ?

Le téléphone sonna et Colas décrocha tout de suite ce qui surprit Nour.

— Hello ?

— Hey, tu es disponible aujourd'hui ?

— Oui comme libre comme l'air, pourquoi ? Tu m'appelles rarement Nour.

— Je voudrais discuter avec toi si tu as besoin.

— Fausse sortie shopping ?

— Parfait, je suis déjà en ville à côté du café L'angle.

— Bouge pas j'arrive.

Colas raccrocha et apparut devant elle une vingtaine de minutes plus tard, essoufflé.

— Tu t'es pressé pour moi ?

— J'avais envie de courir et de ne pas te faire attendre disons, oui et non.

Ils prirent une rue au hasard et commencèrent leur longue discussion. Marcher aidait, faire autre chose permettait de moins dramatiser ce qui allait être confié. C'est pourquoi rentrer dans des boutiques, déambuler était l'idée qu'ils avaient eue sans se concerter et sans réfléchir.

— Tu as dit être allé voir quelqu'un finalement ? lança Nour après quelques minutes de banalité.

— Oui, fit Colas marquant une pause tout en évitant un

passant. Je ne savais pas trop quoi en penser au début, mais ma psychologue est à l'écoute, elle donne des pistes.

— Tant mieux, soupira Nour.

— Je lui paraît avoir un fonctionnement différent mais ça semble être dû à mon histoire de vie plutôt qu'à un aspect neurologique. Elle m'a quand même dit d'aller passer des tests pour vérifier qu'elle ne passait pas à côté d'un diagnostic.

— Qu'est-ce que tu en as tiré ? continua Nour tout en poussant la porte d'une boutique.

— Je ne suis ni dans la moyenne, dans la normale, ni avec un trouble. Mon cerveau fonctionne juste différemment. Ce n'est pas évident de se sentir légitime avec ce non-diagnostique.

— Bienvenue au club des hors catégories ! essaya de blaguer Nour sous l'œil perplexe de Colas.

— Toi, au fond, tu te vois comment ?

— Comme un hors sujet au bac. Je porte sur le bon sujet mais je raconte des évènements autres.

— La question que je me suis posée plus jeune était si poser un diagnostic changerait ma façon de me voir. Je pensais trouver une légitimité à fonctionner différemment, une indulgence vis à vis de moi-même.

Colas s'arrêta dans le fond de la friperie tenant un quelconque pantalon délavé.

— Attends, tu as un truc en plus ou en moins toi aussi.

Nour rigola un peu fort devant les termes utilisés par Colas. Il tenait son article sans s'en rendre compte à présent et s'avança vers Nour.

— Oui, un trouble de la personnalité mais rien de bien défini, moi non plus je ne coche pas assez les critères du trouble, pourtant, j'en coche un peu trop pour être considérée "dans la norme".

— J'en viens à me demander ce qu'est la norme à ce stade.

— Laisse tomber, ce n'est pas faute d'avoir essayé. Je pense juste que la science n'est pas encore au niveau.

— On est peut-être tous bizarres. Quoique je me sens quand même à des années lumières des gens souvent, ils semblent se comprendre lorsque moi j'ai l'air d'avoir raté un épisode, voir la saison entière.

Nour sourit et mit sa main sur l'épaule de Colas.

— Va essayer ce fichu pantalon.

— T'as du pep's aujourd'hui, bougonna Colas avec l'impression soudaine que Nour était sa grande sœur.

Après un non-achat, de ce prétendu faux-shopping, Colas décida Nour à prendre à boire, le soleil tapait de plus en plus fort bien que les heures défilaient. Assis sur des marches devant le fleuve qui coupait la ville, Colas voulait poser des questions à Nour.

— Qu'est-ce qui s'est passé pour toi ?

— Je fumais sans grand plaisir à l'époque, c'était ma manière de prendre un temps pour respirer et j'écrasais mes cigarettes sur mon bras, ça laisse des traces évidemment. Ce n'est qu'une partie parmi tant d'autres, mes parents ont vu que je n'avais pas forcément conscience de la douleur, je peux avoir une grande bouffée d'idées et d'énergie par moment, long moment. J'ai été hospitalisé pour toutes ces petites choses, les médicaments bien qu'ils me rendaient en partie ma pleine liberté, pleine volonté, m'enlevait l'aspect de plaisir de ma vie. C'était à double tranchant. Je savais que si je ne les prenais pas je pouvais perdre une partie de ma volonté mais je perdais également une partie de ma personnalité, ce n'est pas comme un trouble qui va et vient, je vais le traîner toute ma vie, il fait partie de moi, je ne veux pas perdre ce plaisir.

— Lorsqu'on s'est rencontré tu m'avais pourtant semblée raisonnable, si je puis dire.

— J'ai décidé après avoir survécu à ma tentative de suicide, que si mes médicaments me rendaient déprimée, je ne les prendrais plus mais j'essayerais d'apprendre, comme une leçon, une liste par cœur de ce qui faut que j'évite de faire pour ne pas me mettre en danger. Mais pour ce qui est de mes moments où je suis inspirée, un peu trop, c'est difficile de s'en sortir.

Colas écoutait, se disant qu'à côté ce n'était rien ce qu'il était. Nour parlait librement, il se demandait pourquoi elle se confiait à lui.

— En tout cas Colas, si tu as envie de parler je suis là. Nous n'avons pas le même vécu, ni les mêmes sentiments mais je pense qu'on sait s'écouter l'un l'autre.

Il la remercia tout en relevant la tête vers l'oiseau qui remontait le fleuve en volant bas.

L'oiseau gris avait un but, pour l'atteindre il remontait à contre-courant. Colas remontait son propre fleuve, son propre fil de pensée, il allait devoir se persuader qu'il était ainsi, et qu'il n'avait alors pas à se justifier en permanence face aux autres. Il commettrait des fautes qui lui appartiendraient à lui et uniquement lui, aucune excuse ne sera possible, néanmoins, certaines attentes des autres ne lui appartiennent pas. S'ils projettent quelque chose sur Colas et qu'il ne l'atteint pas, ce ne sera pas sa faute.

Le soir, Nour chez elle rangeait ses affaires lorsqu'elle reçut un appel de sa sœur en pleurs. Cassia tenta de lui raconter certaines difficultés au lycée.

— Je n'ai pas réussi à te le dire tout à l'heure, bégaya Cassia avant de se reprendre. Tous les jours il y a des blagues sur moi pour tout et n'importe quoi.

— Ce sont uniquement des blagues Cassia ?

Cassia ne savait pas.

— Si tu pleures pour ce que tu appelles des blagues, ce sont des moqueries, une blague fait rire Cassia et faire des blagues sur quelqu'un même si tu rigoles devant eux, n'est pas censée être aussi douloureux.

Nour essaya de démêler cela avec Cassia, elle ne voulait pas faire les choses à la place de sa petite sœur mais au besoin c'est elle qui irait voir son lycée si Cassia n'arrivait pas à se faire comprendre de ces personnes qui "riaient" sans elle.

La journée de Nour avait été mouvementée, elle poussa un soupir avant d'aller prendre une douche et elle tomba de fatigue, parvenant à ne pas laisser ses pensées fuser dans tous les sens.

XI

Priam faisait le point sur ces dernières semaines. Il sortait avec Shirin qui était sa meilleure amie avant tout, tout semblait bien se passer à l'inverse de ses années de prépa qu'il avait abandonné, trouvant une passion en contrepartie. Lorsqu'il sortait avec Shirin comme ce soir, il ne stressait pas vraiment. Elle le rassurait même si d'un côté il souhaitait pouvoir la faire rire, heureusement elle avait le rire facile en sa compagnie.

En arrivant en face de Shirin qui l'attendait, Priam fit de grands gestes s'amusant un peu et content de la voir bien qu'ils parvenaient à trouver bien plus de temps qu'à l'époque pour sortir ensemble. Il lui emboita le pas tout en poussant la porte du restaurant. Les circonstances qui n'en étaient pas tant pouvaient être drôle, lorsqu'ils avaient dû, brièvement, décider du restaurant, ils avaient choisi celui dans lequel parler était facile et dans lequel ils étaient venu s'abriter des mois auparavant. Priam lança la conversation sur les envies de Shirin.

— Je vais finir mon contrat et je pense essayer de partir un peu pour moi-même et si je peux aider qu'importe le travail en ferme ou en kiné je ferais de mon mieux.

— Tu ne veux pas faire ce voyage de trois semaines cet été avec moi. Le trek en Bretagne qu'on s'était promis il y a de ça un bout de temps.

— Si tu m'accompagnes, je suis pour. Je n'avais pas oublié mais tu es pas mal pris, je ne voulais pas trop te demander.

— Toujours partant, je vais trouver du temps.

— Et toi ?

— Ça va.

— A quoi tu penses plutôt ?

Bien qu'ils eussent l'habitude d'observer l'autre pour le comprendre, rien n'était jamais plus sûr qu'une parole honnête et directe.

— Je repensais au temps ensemble.

— Ça ne te ressemble pas.

— Si je dois être franc, je réfléchissais à combien, toi et d'autres gens, m'avez permis d'être un peu plus ouvert, beaucoup plus souple.

— Tu apprécies avoir changé dans ce sens ?

— Oui, ça apporte un brin d'air frais. Ne pas être resté dans ces études qui me prenait toute mon essence vitale aussi. J'étais tout le temps stressé, j'arrivais à contrebalancer quoique ce soit.

— Aujourd'hui, dans le moment présent, comment le vis-tu ?

— Je tente de laisser chaque chose à sa place, je m'épaule plus sur toi qu'avant aussi c'est agréable.

Leur conversation fut coupée par le serveur. Leurs assiettes étaient colorées.

D'un autre bout de la Terre, Lan écoutait Yohann évoquer son passé au lycée, il jouait un peu de musique mais finalement il n'avait gardé cela qu'en passion occasionnelle bien que la musique et sa vie était intimement liée. Yohann ne semblait pas avoir changé ou vaguement, il restait ce type entraînant des classes de lycée. Il avait même gardé un air insouciant qui parfois apaisait Lan ou au contraire pouvait l'énerver. Yohann ne savait pas trop comment il en était arrivé là. Il aimait bouger, il en avait surtout besoin. Il avait eu un stage une fois d'arts martiaux par une personne qui avait voyagé et avait rapporté plusieurs pratiques de cultures variées. Il avait aimé pouvoir se décharger, puis pouvoir apprendre et enfin créer ses propres enchaînements. Il s'était fait des amis ça lui avait suffi. Yohann ne se posait pas dix milles questions, aux côtés de Lan il avait tout de même appris à se poser les bonnes.

Cette conversation prit place dans le train préféré à l'avion après avoir appris les quelques désastres. Le train avait pour effet de créer une histoire de vie, des heures de rires, d'ennui, de paysages nombreux, de souvenirs pourtant imparables, parce que le voyage était long et que la discussion pouvait s'éterniser, c'était une faille temporelle qui se refermait une fois la gare atteinte.

A la vue de la gare, le couple était pressé de revoir leurs amis, de rencontrer en chair et en os Aminie et de se raconter les derniers mois de vive voix autour d'un verre ou d'un jeu.

XII

J'apercevais deux têtes qui s'approchait de nous, les retrouvailles devaient être dignes de celles des films pour Nour et Colas. Nour se précipita sur Lan, Yohann fit une accolade à ses vieux amis. Je restais un peu en arrière jetant un coup d'œil à Priam qui avait l'air aussi ridicule que moi, j'eu le droit à un sourire rieur de sa part. Ceux prénommés Lan et Yohann arrivèrent à ma hauteur, ils étaient habillés simplement me donnant le sentiment qu'ils étaient assez calmes à première vue. Les cheveux de Lan grisonnant, du fait d'une dépigmentation comme je l'apprendrais plus tard, lui conféraient un air de sage.

Installés dans l'appartement de Nour, tapas sur la table, j'écoutais les histoires de chacun. Lan commença à s'exprimer.

— Je suis plus heureux qu'avant, moins amère, moins hésitant. Yohann me soutient, je suis moins dans une précipitation mentale qui me donnait un certain vide, un manque de but, je tente de ralentir mon rythme de vie à présent. Je fais encore des crises d'angoisses, il y a des hauts et des bas mais j'essaye de me dire que j'ai le droit, que c'est normal. Et toi Nour ?

En s'exprimant, j'observais Lan tenir la main de son copain, il semblait chercher à garder la face devant ses amis. Comme il nous le dira plus tard dans cette soirée, il était déçu parfois de lui-même d'avoir des sortes de rechutes à ses yeux, des rechutes de déprimes, d'angoisses, d'empressement. Il avait pleuré en nous confiant cette vérité sur sa santé qui n'était pas lisse.

— J'ai vu ma famille, je m'occupe dès que je peux de mon frère et ma sœur. J'ai aussi trouvé un livre que j'ai transmis à ma famille, je crois que mes parents commencent à apercevoir ce que j'ai vécu et ce qu'ils m'ont fait subir. Je me suis aussi rendu compte que j'avais le droit de leur en vouloir, et de ne pas leur pardonner, en tout cas pas avant quelques années.

Nour, calme, tourna son regard vers Shirin comme pour lui donner un bâton de parole invisible.

— Eh bien quant à moi, j'évite ma famille poliment, je préfère ne pas les confronter même si ce n'est pas la chose à faire. Je n'ai pas envie de mettre de l'énergie dans quelque chose qui va être vain. Je songe aussi à voyager un peu, on s'était promis d'aller découvrir de nouveaux paysages avec nos sacs à dos avec Priam alors je l'embarque avec moi.

Colas qui semblait gagner en énergie au fur à mesure de la conversation, se lança à son tour.

— Tant qu'on y est, je me permets de continuer ! J'avance un peu avec ma psychologue, sinon j'essaye de profiter et je me suis remis à la musique en passe-temps, mon humeur se fie à la mélodie et c'est plutôt agréable. Ça me permet de parer les journées pluvieuses et déprimantes à coup d'électro.

Il me paraissait excité de revoir sa troupe d'amis, mais Nour le regardait du coin de l'œil et, comme elle me le confiera, une heure après, se demandait où Colas allait chercher ses ressources de sourire et rire quand bien même les relations lui étaient difficiles.

Je continuais d'écouter les histoires de chacun, Yohann racontait ce que ses élèves lui apprenaient bien qu'il soit le professeur, ils étaient pleins de créativité et lui offraient également un bout de leur culture, le partage était agréable.

Une fois dans un coin de l'appartement avec Priam à discuter, il me racontait son travail dont sa commande concernant l'architecture d'un bâtiment dans une ville extérieure. Il me demanda aussi ce que je faisais dans la vie pendant que je m'asseyais sur le bar.

— Je suis scénariste de jeu vidéo. Je m'inspire de tout et de rien. Je dois avouer que l'histoire de Nour m'intéresse et je compte lui demander si je peux en tirer une ligne directrice pour mon jeu.

— Tant que tu as son consentement.

Priam sans le savoir m'avait rassuré en disant ces mots simples. Je sautais sur mes pieds pour descendre et me dirigeais vers Nour l'apercevant libre.

Références

[1] Fauve, Rub A Dub, 2013

[2] Fauve, Rub A Dub, 2013

[3] Park Shin-Woo & Jo Yong, 2020, "It's Okay not to be okay", episode 2

[4] Camus, A. (1942). L'Étranger.
[5] "Cereal Killer Cafe", 2015, Londres

[6] Tenue traditionnel du Taekwondo

[7] Duff, P. L. (2021, 8 octobre). En Amérique du Sud, la vie bouleversée par le manque d'eau. Reporterre, le Média de L'écologie - Indépendant et En Accès Libre. https://reporterre.net/En-Amerique-du-Sud-la-vie-bouleversee-par-le-manque-d-eau

[8] Bouchara, R. (2023). Alvalonie.

[9] Frantisek Kupka (1871-1957), Twisted black lines, Centre Georges Pompidou, Paris 75004

[10] Emmanuel Beranger, 2018, Saut n°2